文芸社セレクション

# 台湾「霧社」の十字架像と隠れ念佛
# 愛宕山千日詣りの邂逅

内藤 史朗
NAITO Shiro



文芸社

# まえがき

本書には、二編の物語が小説として収められている。台湾原住民居住区で、台湾総督府警務局「理蕃課」の理蕃政策によって、原住民を懐柔するために警察官と原住民頭目など有力者の娘が政略結婚させられた。母親が苦労して生まれた子供たちを育て、子供たちも差別の中で逞しく育つ物語である。「首狩り」（「出草」ともいう）に遭った樟脳工場の工場長の息子が神学校の学生だったが、卒業して、医院の助手になり、台湾に渡り、総督府の医師試験を受け、認められて、原住民の診療を担当する。さらに混血児の一人は、師範学校を出て教師になり、台湾人子弟の学校や原住民子弟の学校の教師を定年まで勤めた。

筆者

定年後は、日本人の創《はじ》めたキリスト教会「イエスの御霊《みたま》教会」の牧師になって山地の原住民を教化して生涯を終えた。

二編目の物語は、個人的経験があって、物語られる。二つの物語は、全く質も異なる物語であろう。それを否定はしないが、個々人が歴史の中で浪に揉まれ翻弄されながら生きていくことに変わりはない。宇治川の畔の料亭で、宇治分校最後のコンパの終わりに、「私」として出てくる人物が宇治川の側流に飛び込んで、「偽善者」と叫んだ。「文学研究サークル」の機関誌にパルタイに属していた会員が、詩のような文章を投稿し、それには、「貴女」とパルタイの活動を通じて愛を育むという趣旨が書かれていた。これに反発した「私」であった。

プロレタリアート解放を掲げて、「貴女」との愛を育む――このような、「偽善的」な運動が、運動の初志であるとしたら、日本の未来は闇――実際、歴史的に昭和二十九年（一九五四年）二月二十八日は、宵闇であった。翌年一九五五年になって、「六全協」（全国協議会）が開かれ、「極左冒険主義」を排除し、

「農村（山村）工作隊」も廃止された。
安丸良夫は――彼はパルタイではなかったが――「工作隊」の経験を書いていた。諭されたというのである。占領下の戦後の日本では、占領軍の思惑が如何であれ、小作人は自作農になり、地主制は廃止された。山村工作隊は中国共産党の政策を真似したのか。現代中国でも農工民子弟は都会の学校に入れないという。いずれにせよ、農民と都会人との格差は、いっこうに縮小しないようである。

目次

# 台湾「霧社」の十字架像と隠れ念佛

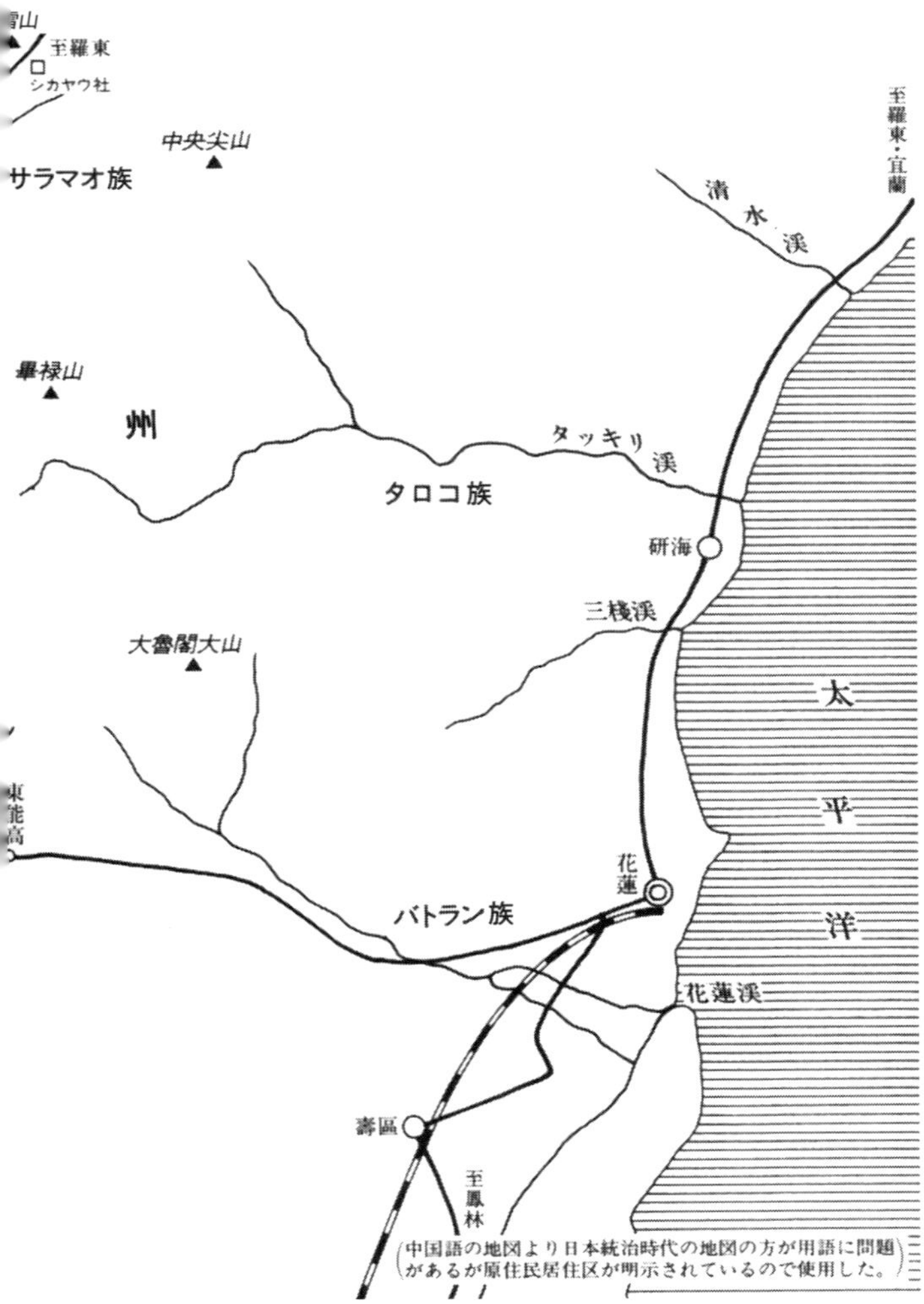


（中国語の地図より日本統治時代の地図の方が用語に問題があるが原住民居住区が明示されているので使用した。）

霧社地方略図
■ 蜂起社
□ 社
● 襲撃された駐在所
○ 駐 在 所
ハック大山
台
中
カムジャウ社
合歓
マレッパ族
白狗族
バイバラ族
トロック族
マシトバオン
マシトバオン社
白狗
北 港 渓
三角峰
ブケボン社
タウツア族
ロードフ
ロードフ社
ハボン
立鷹
トンバラ社
タウツア
ホーゴー社
ボアルン社
尾上
能高
トーガン社
シーバウ社
霧社
トンバラ
ボアルン
桜
バーラン社
カッツク社
タロワン社
マヘボ社
能高山
眉渓
ダカナン社
マヘボ渓
埔里
獅子頭
スーク社
タロワン渓
ホーゴー
万大
万大族
カンタバン族
濁水渓
安東郡山
至二水
日月潭

## 登場人物の系図

佐塚末蔵――佐塚愛祐（警部）――（長女）佐和子（コロムビア歌手）
妻　トク
内妻八重子（ヤワイ・タイモ）
（マシトバオン社頭目タイモ・アライ長女）
（長男）佐塚昌雄（陸軍伍長）
妻　蘭子（下山治平次女）
（次女）富子（下山剛の妻）
（次男）晃雄（予科練）

下山治平（警部補）――（長男）下山一《はじめ》（教員後、牧師）
内妻　ピッコ・タウレ
（カムジャウ社頭目タウレ・ヤユツ長女）
妻　文枝（井上昌巡査の娘）
（次男）剛（陸軍中尉）――（長男）治（林光治）
妻　富子（佐塚警部次女）
（長女）蘭子（佐塚昌雄の妻）

下松仙次郎（巡査部長）――下松正雄（カノの連れ子）
妻　カノ
道雄（外村呉服店の養子）
後妻　律子（リットク・ノーミン）――（次女）安子
（シカヤウ社頭目ノーミン・ワタン長女）
（三男）名を伏せ三男として登場

ホーゴー社頭目

ポホク・ノーカン（早逝）――オビン・ポホク（モーナ・ルダオ次男バッサオ・モーナの妻）

タダオ・ノーカン――――オビン・タダオ（初子、花岡二郎妻、中山清と再婚、高彩雲）

　　　　　　夫　中山清（高永清）――高光華（二郎・初子の子、仁愛郷郷長）

（姉）イワリ・ノーカン

（姉）オビン・ノーカン

マヘボ社頭目モーナ・ルダオ――――（長男）タダオ・モーナ（即興詩人）

妹　テワス・ルダオ　　　　　　　（次男）バッサオ・モーナ

（夫近藤儀三郎巡査部長　行方不明）　妻　オビン・ポホク（タダオ・ノーカン姪）

　　　　　　　　　　　　　　　　（四男）ワリス・モーナ

カムジャウ社頭目タウレ・ヤユツ――（長女）ピッコ・タウレ（下山治平の内妻）

　　　　　　　　　　　　　　　（長男）ヤブ・タウレ

弟　コーガン・ヤユツ（宣教師）　妻（シカヤウ社頭目ピリン・ピータイ妹）

# 第一部　ポインセツィアの咲くハジメの生まれた故郷の山地

## 序　章　ハジメは斬り獲られた首を見た

ハジメが六歳の時、早朝に胴体から切り離された首六つを見た。八十歳の老人になって、数日前の出来事も思い出せないのに、あの時のことは決して忘れていない。あの朝、駐在所の前で聞きなれない騒音と叫び声がして目を覚ました（彼の父は駐在所の警察官であったから彼は駐在所が自宅だった）。何が起こったのだと、好奇心が起こって、寝巻のままで外へ出た。

駐在所前の広場に村から婦人達が集まってきていた。彼女らは彼が何だか分からないものを指さしていた。あたりは朝霧で覆われている。霧が晴れてきても、彼には何だかよく分からなかった。「あれは何だ」一人の婦人が答えた。「サラマオの首。昨夜わが社の若者が獲ってきたのだよ」首はすべて髪の毛で覆われていた。しかし徐々に晴れてきて谷間から吹き上がる風にめくられて、顔を覗かせた。最初は人間の首だと確信はなかったが、蕃社の婦人達が奇妙な叫び声と踊りをし出した。それは首狩りの歌であり踊りであった。歌と踊りは三日の昼夜を通して続いた。

ハジメの祖父はカムジャウ社——現在はマレッパに含まれて力行村となっている——の頭目であって、皆の衆の前に出て、首と獲ってきた社の若者を紹介し出した。すると、婦人達が若者の傍に寄ってきて、顔を撫でたり、体に触ったりした。中には身体を舐める者もいた。しかし、彼は死人の首を見て驚いたが、昨夜行われた怖ろしい攻撃を思い浮かべてぞっとした。

この夜の攻撃はサラマオ事件に対する報復として行われ、総督府理蕃課からの命令による原住民同士の戦いであった。

その時、サラマオ部族の人達に多くの死人が出た。今ではスペイン風邪として知られているインフルエンザがサラマオ部族を襲った。

或るシャーマンが、「日本人が蕃社に持ち込んだ悪疫だ」と言ったので、二つの駐在所が襲われ、警官とその家族十九名が首を獲られた。首狩り族であったからである。インフルエンザは大正八年－十年（西暦一九一九－二一年）にサラマオで猛威を振るった。首狩りの報復として、総督府は、カムジャウ社駐在所の下山治平警部補を通じて、蕃社頭目に命令した。その時、獲得した首がハジメの見た首であった。同じように、マヘボ社頭目モーナ・ルダオとホーゴー社頭目タダオ・ノーカンにも命令を下した。モーナ・ルダオは日本に反抗した時期があったが、他の部族が日本軍と同盟して、マヘボ社の若衆を呼び出し、首百個を獲られたことがあり、

下山一師晩年の肖像

軍勢が回復するまでは日本軍警の命令に従った。しかし、何時かは日本軍警に報復する考えをひそかに抱いていた。日本側もサラマオ部族から反撃されて、モーナ・ルダオの勢力が縮小する狙いがあった。タダオ・ノーカンは忠実に命令を実行して成果を上げた。しかし、モーナ・ルダオは婦人とその子供の首だけで帰途に就いた。

# 第一章　ハジメ兄弟狙われる

　下山治平警部補が台湾「蕃地」の頭目・勢力者を連れて内地（日本本土）を旅行に出掛けたことがあった。留守中にマホーニと言われるシャーマンの大家族三十数名がカムジャウ社に住んでいた。或る日、叫び声を上げながら駐在所の戸袋を壊そうとしていた。

　彼等は「よそ者の木を倒すのだ。三本の子供の木を倒すのだ」と叫んでいた。三本の木とはハジメと弟のタケシと蘭子である。ところが、頭目一家はすでに気付いていて手配していた。シカヤウ社のピリン・ピータイ一家はカムジャウ社頭目一家と親戚関係にある。ピリン・ピータイの一族五名がマホーニ一族三十数名を虐殺するのである。その間、カムジャウ社の若衆総勢三十名が囲んで逃げられないようにしていた。ただし、マホーニ一族の内一人だけは手に掛けない。この一人は病気がちのカムジャウ社頭目の弟であった。祈禱によってどうにか生きながらえていた。マホーニの養子として迎えられていた。

　ハジメ兄弟は頭目の親戚だから彼等の命を狙う者は容赦しない。シカヤウ社の親戚に、手を下す役を頼んだのは、日本の警察は下手人だけを捕らえるからである。遠いカムジャウ社の者には警察の捜索も及ばないと考えた。病弱な頭目の身内は残されてもいずれ警察が口を割らせるから、殺されると考えた。それで彼は東へ逃げた。そして太魯閣《タロコ》部族の蕃社でクリスチャンの一家に救われた。この男が、カムジャウ社に戻ってきた。

# 第二章　医師井上伊之助

太魯閣《タロコ》部族は花蓮県の東側の峡谷に住んでいる。樟の樹木が原生林に沢山生えている。県をあげて、樟の原木から樟脳を造る。製造所はオットフという原住民が信仰している神の神域にあったので、二つの蕃社に金銭を払って許可を取らなければならない。樟脳会社と花蓮港庁は二つの蕃社に払うべき金銭を一つの蕃社に全額払った。貰った金銭は一つの蕃社が全員で酒を買って飲んでしまった。怒ったのはもう一つの蕃社の若衆である。オットフを虚仮にしていると言って、樟脳製造所を襲い、社員と監督の首を獲ってしまった。監督は井上伊之助の父井上弥之助であった。この知らせが伊之助がまだ神学校に在学中に届いた。伊之助は卒業すると、病院を訪ねて、助手にしてもらった。数年助手をしてから、医術を身につけて台湾に渡り、総督府で試験を受けて台湾総督府が認めた医師の免許を取った。

それから蕃地に入るのであるが、まず総督府の設定したレプラや結核の療養所に滞在してから、奥地の蕃社へ向かった。

父親弥之助が殺された辺鄙な蕃社に診療所を設けた。父親のことは言わなかったが、首を獲った男は弥之助に似た医師の伊之助を見て分かっていた。或る日熱病で苦しみ、医師は辺鄙な蕃社にはほかに居ない。

診療所で徹夜で伊之助が診てくれた。翌朝目が覚めると、伊之助が診ていた。

感激してその男は白状した。

「あなたの父親を殺したのは私です」

伊之助は驚いて十字を切り、言った。

「よく告白してくれた。ありがとう。神様は許してくれています」

この男は言った。

「あなたの神様は寛大だ。私もクリスチャンになりたい」

井上医師は首にかけられていた十字架像を男の首にかけてやった。

頭目の身内でクリスチャンになった男が、この話をカムジャウ社の会衆にすると、一瞬静まり返った。そして会衆が皆立ち上がって拍手した。この蕃社の者は皆クリスチャンになり、教会を建てた。今もこの頭目の身内の子孫が牧師を受け継いでいる。井上伊之助は聖公会であるが、台湾はカナダの長老派が清朝時代から宣教している。

# 第三章　モーナ・ルダオ暗殺未遂

マシトバオン社から人口が増えて一部が分かれてできた新しい蕃社テピルン社から一発の銃声が轟いた。近くの山の稜線をモーナ・ルダオの一行が首二つを掲げてマヘボ社へ帰る途中であった。テピルン社の者が撃ったと記録にある。実は、昭和八年に東京で起こったクーデター未遂事件に佐塚警部補の弟が加わっていたことが明らかになった。その資料によると、大正八－九年（一九一九－二〇年）に弟佐塚袈裟次郎が近衛歩兵第三師団を軍曹で除隊後、台湾の霧社へ入り、ハボン駐在所の近藤小次郎警部の管轄する農場で農作業をしていたと所轄の拘置所で申し述べている。あまりに時期が合うので、軍曹が何らかの手引きをした可能性がある。佐塚警部補も近藤小次郎警部もモーナ・ルダオが最も反日になる危険人物だと思っていたに違いない。それ以後も佐塚警部補は警部になって、霧社分室主任になっても、モーナ・ルダオ一族には次々と嫌がらせをして、四男の子供の進学の妨げまでして、担任の配置換えをし、日本人と机を並べる埔里街の小学校に転校を許さないのである。袈裟次郎を呼んで佐塚警部補と近藤小次郎警部が暗殺の準備をしていたことが十分に考えられる。

霧社への道は、一時はトロッコもあったが、現在はタクシーがよい。台湾の臍と言われる埔里から半時間でタクシーなら、霧社に着く。霧社（現在は仁愛郷）の街から半日がかりでマシトバオン社であるが、その前に駐在所だけがあるハボン駐在所を経なければならない。

マシトバオン社（瑞岩村）からさらに数時間でカムジャウ社（マレッパの力行村）に至る。もちろんタクシーで行けば、行けないこともないが、途中の道が、特に雨後には危険である。

地滑りをおこしやすいからである。道路の片方は目のくらむような断崖絶壁である。まだ奥地のマリコワン社などもあるが、マリコワンから霧社の街に出てきた原住民に遭ったことがある。お風呂に何時入ったか分からないような肌

下山治平とピッコ・タウレ

をしていて、日焼けした顔で日本語を話すのである。まだ奥地では日本語が生きていることに驚いた。

下山治平はハジメの父親で、彼の先任の警官は長谷川巡査部長であったが、或る日胴体から切り離された首が見付かった。総督府は首狩りという風習に手こずった。

そういう時に、近藤勝三郎という憲兵隊付き商人で、「生蕃」近藤と呼ばれていた男が、

「蕃社では婚姻によって原住民と親戚になれば、外部の者でも首狩りに遭うことはない」と官憲に申し出た。総督府では早速下山治平警部補をカムジャウ社頭目の娘ピッコ・タウレと婚約するよう手配した。荒っぽいやり方であった。

頭目を留置して、「よし分かった」というまで、留置し続けた。同じようにしてマシトバオン社頭目タイモ・アライの娘ヤワイ・タイモと佐塚愛祐警部補の縁談も進めた。政略結婚としては、モーナ・ルダオの妹テワス・ルダオと「生蕃」近藤の弟近藤儀三郎巡査部長との縁談も進めた。これらに加えて、時期的に遅れていたが、下松仙次郎巡査部長とサラマオ・シカヤウ社頭目の娘リットク・ノーミンの結婚も行われる。リットクは律子として後に引き揚げ後、下松の本妻として籍を入れることになる。

下山治平はピッコ・タウレと結婚する前に、上司から「三、四年もすれば、あらためて日本内地で内地人の奥さんを貰えばよい」と言われていた。

下山治平警部補は、それを真に受けて頭目などを連れて内地旅行をした折に、三島で結婚式を挙げている。奥さんは「仲子」という。後に仲子には子供が出来た。仲子と子供を連れてカムジャウ社駐在所で、同じ家の屋根の下でピッコと仲子と子供と警部補が住んでいたのである。

# 第四章　上司を投げ飛ばす父親

こういう原住民の蕃社の中で下山警部補の夫婦生活の異常ぶりは他の原住民からも顰蹙を買っていた。新任の郡守の就任の祝いの席が、佐塚警部補の官舎で行われた。

新任の秋山郡守は、料理を出すのを手伝っているピッコの気持ちを察して、聞いてみた。「気持ちの良いものではありません」と答えた。

宴会も一応終えて、秋山郡守が下山治平に近づいた。下山の肩を摑んで、大声で言った。

「君、異常な家庭を駐在所で営むことがどういう結果をもたらすか考えているのか。君のやっていることは蕃社の人々からどう見えているか。人々に顰蹙を買っていることが分からないのか」

ここまで言うと、下山は自分に対する同僚達の視線を意識した。少し酔っていたが、軽蔑の視線が向けられていることは分かった。やにわに、下山は、秋山郡守のバンドを掴み相手を引き付けて投げ飛ばした。一瞬の早業であって、学歴が大学卒（霧社事件で犠牲になった小笠原能高郡守は東京帝大法学部卒であった）の秋山郡守には対応できなかった。

蕃社の駐在所勤務の警官は、柔道・剣道の達人が多かった。現地人を威服させるには腕っぷしの強さを見せつけるのが一番だった。

すると、秋山郡守は大声で言った。

「明朝、郡役所に出勤したら、下山治平の罷免の印を押すことにする」

実際に罷免になると、下山治平は「生蕃」近藤こと近藤勝三郎を訪ねた。ピンチになると、相談に乗ってくれる相手だった。近藤勝三郎は、当時はトロッコ鉄道（軽便鉄道として幹線以外の台湾奥地に張り巡らされた運輸手段であった）の株を握っていた。すぐに霧社トロッコ鉄道会社の社長の椅子に座らせられた。下山は蘭子が生まれる前に日本へ帰った。

# 第五章　蘭子の恋

近藤小次郎警部がハボン駐在所勤務の時に、新高山の麓の蕃社で、誤って原住民を撃って死亡させたことで格下げになった元巡査で警手になった男が、赴任した。

夕暮れ時に、熊と見間違えて、撃ったら現地人の男であったと言う話であった。

近藤小次郎警部は人間性に理解があって、旧式のカメラを抱えてハボン駐在所からマシトバオン駐在所へ降りて来た二人を蘭子がもてなした。生姜のジュースに甘味を付けたジュースであった。その蘭子に向かって、近藤警部(「生蕃」近藤とは無関係である)は、

「蘭子さん、この男は気の毒な人でね」と前置きして新高山山麓で起こった悲

劇を語り聞かせた。

「この男は絵を描く才能がある。カメラもあるし、暇があったら、マシトバオンにはタイヤル族発祥の岩があるという伝説が伝わっている。観光資源になるので絵葉書の写真を撮りに行くとよい」と言ってくれた。

父親下山治平は蘭子が物心つく前に帰郷したので、父を知らぬ女であった。そして父親のような男として烏山警手に好意をもった。烏山は内地に居る夫人が「瘋性」の人で女性には縁がないと思っていた。近藤警部は二人の縁を取り持つ役を、素知らぬ顔で果たしたのである。

二人は最初から約束をした。青色の乾し物が物干しにかかっていたら、姑が「瘋性」を発症して火を付けかねない。だから逢えない。

マシトバオン社のタイヤル族発祥伝説の岩

姑はヤワイ・タイモであった。ヤワイが癇性持ちになったのは、政略結婚をしたピッコ・タウレとリットク・ノーミンと話し合って、子供達が小学校で内地人子弟に差別されるから、額の短冊状の刺青を除去する手術を台北病院で受けてからである。「私はあの世に行った時に、先祖に私がヤワイだと分かるだろうか」とつぶやくのである。

二人の会話は次のようだった。

「何時か山の音楽や舞踊を調査するのに駐在所に寝泊まりした英文学者の佐藤博士が言っていたが、純粋な民族など地球上に居ないそうだ。みんな混血民族だそうだ。日本民族などは典型的な混血であると言っていた」

「へーえ、私たちだって新しい民族を造れるわけですね」

こんな話をしながら二人の仲は深まっていった。蘭子の夫は佐塚愛祐警部補（後に警部）の長男昌雄《よしお》であって、中国大陸に陸軍の兵隊（伍長までなる）として出征中であった。

ここで話を先回りして語るが、終戦の一日前にハボン駐在所からマグネシウムが焚かれて、マシトバオン駐在所の蘭子が気付いた。

緊急の場合にマグネシウム（写真用）を焚くと決めていた。急いで蘭子が坂道を上ると、烏山が降りてきて、坂の途中で二人は逢った。

「何が起こったの」と蘭子が聞くと、

「戦争が終わったのだ」

「勝ったのね」

「負けたのだ」

「貴男、スパイにでも聞いたの」

「いや、福建省からのラジオ放送で台湾は中国領になると放送した。台湾語と福建語は同じ系統の言語だから、台湾人の警官にも理解できる。明日の天皇の放送はそのことだよ」

「スパイじゃないの」

「いや違う。台湾人の警官は信用できるよ」

そして、ハジメは小学校の教頭までなっていたのに、カムジャウ社（力行村となる）の小学校に就職させてもらった。用務員（小使い）としてである。妻（井上昌巡査の娘）が「引き揚げよう」と言っても、「差別されるから」と言って頑としてきかない。中国語が出来ないから教員になれないと言うので、台中師範の講習に参加して中国語を習得した。その前と後にマシトバオン社の駐在所に寄ったら、蘭子がマラリアに罹り烏山が看病していたが、帰りにはもう蘭子は死亡していて、烏山だけ取り残されていた。

「あんたどうするの。内地に引き揚げた方が良い」とハジメが言うと、

「いや、引き揚げない」と決心したようだった。その内、烏山が蘭子の墓の前で青酸カリを飲んで自殺したと言う話が伝わってきた。

山の中の警官には、自殺用の青酸カリが配られていたのである。

（注：井上昌巡査は霧社事件の時に、三角峰駐在所を一人で機関銃を撃ち続けて死守した。彼の娘が東京に住んでいたのを、ハジメの弟のツヨシが説得して、霧社へ連れてきて、ハジメと結婚した）

# 第二部　佐塚昌雄の巡歴

## 第一章　佐久への復員

終戦になってすぐに、ティモール島に派遣されていた佐塚昌雄の上司の部隊長に呼び出されて、

「貴様は台湾に帰るか、それとも本籍地の日本に帰るか」と聞かれた。

「もちろん、日本の佐久に帰ります」と答えた。

すると、

「父親は霧社事件で亡くなった。台湾には母親がいるはずだが、どうする」と尋ねた。

「戦後、日本は敗れたのだから、都会は爆撃で灰燼に帰した所もある。広島長崎は云うに及ばないが、田舎とは言え、長野県の佐久がどの程度の被害か分からぬが、人情がどうかが問題だ。貴様の場合は、相続人ではないし、親族は誰だ」

「叔父さんがいます。父の弟です」

「子供が居たら厄介だぞ。職業は何だ」

「新聞記者をやっていましたが、今は農業でしょうか」

「そうか。飯は食えそうだな。兎に角糧事情が問題になるからな」

そこで一先ず日本の佐久を目指すことにした。

ティモール島から佐世保に入港した復員船は、日本海軍の残り少ない旧駆逐艦であった。東京行きに乗って、中央線で佐久に向かう。途中は買い出しの人々で一杯だったが、軽井沢でも別荘地に行く人は見かけなかった。小淵沢駅

佐久一つ淵橋より抜井川上流・十石街道を見る

で小海線に乗り換えて海瀬駅で降りて辺りを見回しても迎えの人は居なかった。高崎の部隊に入隊する時は、大勢が日の丸の旗を持って迎えてくれたのが嘘のようである。

記憶を辿りながら、抜井川に沿った道を山岳地帯の方へ少し歩くと、道脇に小さな藁葺き屋根が見えた。これが父親佐塚警部の生まれた家である。やっと着いたので少しほっとしたが、緊張し直してノックした。叔父の奥さんが出てきて、「昌雄さんですか。よう寄ってくれました」というではないか。目的地ではないと言っているのである。背袋を下ろすわけにもいかず、途方に暮れた様子を見て、叔父が畑から帰るまで、背袋を背負ったままだった。厳しい現実を見せつけられた。さすがに叔父は肉親であると思ったが、すぐに叔父は言った。

「この家は随分手を入れていないので、日本に居るつもりなら、佐和子の家にでも行くとよい」と言うのである。佐和子は佐塚佐和子という姉のことで、この時は田中佐和子と名乗っていた。新聞記者と結婚していた。東洋音楽学校を父親の慰労金や年金で卒業して、コロンビアの歌手としてデビューしたのが昭和十四年であった。戦後は叔父には音信不通になっていた。というのは、叔父の袈裟次郎は神兵隊事件を昭和八年に起こし、拘束期間が長かったので、佐和子は人気商売だから身内に刑務所行きが居るというのが知られるとまずいので音信不通になっていたのである。弟の晃雄も内地に居たが、予科練で結核になり、おかげで特攻隊は免れたが、病院に入ったきりでどこの病院かもわからなかった。

叔父は、昌雄が疲れて床に就きたいのに、昌雄を寝かせずに語り聞かせた。

菊池貫平の率いる秩父一揆の残党が家の前の街道を通った時のことである。明治十七年十一月、秩父の椋神社に集まった群衆が「高利貸し退治」をむしろ旗に書いたスローガンを掲げて、決起した。秩父困民党総理田代栄助であったが、逮捕され、絞首刑に処せられる。参謀長であった菊池貫平が率いる残党が十石峠を越えて信州佐久に入り、十石街道を通り、佐塚一族の住む海瀬村の道を西に向かった。菊池は小池の家に生まれたが、婿養子として菊池家に入っていた。高利貸しに借金をして返せずに困窮している有様をじかに見ていた貫平は、代理人として関わっていたので、同情して困民党に入った。困民党は自由党の流れを汲み、実力行使に出た党派であった。田代栄助総理は高利貸し退治を唱えるのに留まっていたが、菊池貫平は、佐久相木村出身の井出為吉とともに中農の子弟を集めて塾を開き、ルソーの『民約論』とかイギリスのミル『自由之理』の解放思想を学び教えていた。戦後になって井出為吉の家の蔵を調べたら、中村正直訳『自由の理』と中江兆民訳『民約訳解』が出てきた。

これらの思想を当時の若者に教えていたのである。だから田代栄助の段階と

井出為吉生家の土蔵

は異なり、佐久に入った困民党は、佐久困民党であり、佐久一揆であった。うまくいけば長野市に向かい政治的な運動を志していた。

一揆も佐久では全村参加であり、逮捕されても留置所に入り切れず、始末書だけで済ました。最後の戦いは、東馬流《ひがしまがなし》の天狗岩であった。

高崎の大隊から歩兵が派遣され、警察隊と合わせて、官憲一体で一揆軍を攻めた。歩兵は銃で攻めるが、一揆軍は火縄銃や鍬・鎌の類の武器であったからとても勝てるものではない。

一揆が終焉しても、菊池貫平は捕まら

東馬流の天狗岩（一揆激戦地）

なかった。優男なので、わざわざ派出所に出向いて道を聞いても、巡査は教えてくれて、こんな優男が一揆の幹部とは思わなかった。

捕まった時は、茨城県の花街で太鼓持ちをしていた。取り調べに対して、周辺で起こった万引きの類まで全部自分がやったというので、全部調べ上げるのに時間がかかって、遂に帝国憲法発布の日を迎え、恩赦となった。家に帰ると、妻初野はすでに一年前に亡くなり、墓参りをして一句詠んだ。

「冷えてさえ起つにもの憂き炬燵かな」

叔父袈裟次郎が語ったところによると、

祖父末蔵は一揆に参加していた。

末蔵は袈裟次郎に語った。

「あれはお前の生まれる九年前だったな」

末蔵はそう言うと、キセルをポンと炉端に叩きつけてから続けた。

「あん年は米は不作、繭の出来も悪くてな、村の衆は挙って一揆に参加した。地主の蔵は取り壊され、高利貸しの家は破壊され、証文は焼却され大騒動だった。秩父の高崎辺りまで近づいた。高崎の大隊が歩兵を派遣して、わしらはやられたが、わしらが余りに多くて警察署も収容できねーずら」

祖父は痛快そうに笑ったと言う。

現代ならワンＬＤＫと言うべき程狭い小作の家なので、一応農地改革で自作農になったとはいえ、狭いことに変わりはない。一晩まんじりともせずに、話を聞いたが、翌朝隣の本家の方から、大声でよく聞けと言わんばかりに、本家の嫁が言った。

「愛祐さんは、テーワン（台湾）さ渡って巡査になって山地の娘と結婚して子供を作って、今更子供が来ても、捨てた嫁はどうなるのさ。七年待っていたのにさ。家出の時は、親が売った薪炭の代金をネコババしたりしてさ」

これには、昌雄は閉口した。叔父はそういう時には、菊池貫平の話で紛らせてくれた。

当時、袈裟次郎に言わせると、明治の帝国憲法は、伊藤博文たちによるプロシア帝国憲法の模倣であって、欧米の各国の憲法を持ち寄って新しい日本の憲法を造るはずの約束を反故にして、伊藤博文たちは、勝手に先走りしたのである。

昌雄が「帝国憲法発布の前に、出されていた憲法案はどんな憲法案でしたか」

「フランスの憲法は革命憲法だ。イギリスは憲法ではなく、マグナカルタ以来の慣例に従っている。アメリカ合衆国は『政府が国民に反する時は、国民は政府に対抗することが出来るというのだ。これは植木枝盛案として出した』

要するに、帝国憲法発布以前の憲法案が戦後になって、再び見直されるだろう」と、袈裟次郎は言うのだった。

## 第二章　父佐塚愛祐警部戦死まで

昌雄は、父が新妻を結婚式の翌朝早くに置き去りにして台湾に渡り、折から募集中の総督府巡査に応募して合格し、霧社のマシトバオン社に配属されたことを知った。家を出る時、父親が売った薪炭の代金をネコババした。政略結婚で出世も比較的に早かった。昌雄は家出する父を回想した。

明治四十三年、乳白色の霧が十石峠から茂来山の麓の谷間に広がる海瀬村畑中の集落まで垂れこめている。佐塚愛祐は三年の兵役を終えて、故郷の村に帰って、まだ間がなかった。明治十九年十一月十三日生まれの彼は、明治三十九年に甲種合格で徴兵検査をパスしていた。三年の兵役を終えると明治四十三年には数えで二十五歳であった。愛祐には婚約者が居た。隣の本家の娘で文句の言えない程、別にとやかく言われることのない女子であった。どうして彼は家出を思いついたのか。役場に行くと、大きな張り紙がしてあって、「台湾総督府巡査募集」と書いてあった。近衛師団にも配属されるほど生真面目な青年であった愛祐は、近衛師団の上司が台湾に派遣された師団に属していた。機会があると、台湾は日本領になって、現地の原住民（高砂族と言われていた）を皇民化しなければならない。それは偉大な日本民族の使命ではないか。それが日本の青年に与えられた天命なのだ、と言われていた。

田舎に帰って百姓仕事で一生を送るのは、愛祐の場合は小作だったから、何時も地主である本家の言うままに生きていくわけである。嫁まで干渉される人生なのである。それで彼は家出を思いついた。

一応言われるままに結婚式を挙げてから、翌日の朝早くに、そっと床から出て、嫁がぐっすり寝ていることを確認してから、家を出た。

家には新婚夫婦だけが寝ていたのである。親や弟は新婚夫婦に遠慮して本家で寝ていた。

そっと足音を立てずに、抜井川伝いの十石街道を西へと向かった。千曲川の本流伝いに下流へと足早に歩く。八ヶ岳連峰は霧に覆われ、茂来山の中腹には、菊池貫平が生存していた。伝説上の人物であった。愛祐の父親末蔵は菊池貫平を自慢にして、よく話をしてくれた。東馬流はあの辺りだ、と思いながら、小諸駅を目指した。この駅から東京に集合して、横浜から船が出る。

# 第三章　政略結婚

明治四十五年は七月に年号が大正に改められる。明治天皇が崩御されたからである。

佐塚愛祐が総督府理蕃課からの肝煎りで、白狗部族マシトバオン社頭目タイモ・アライの長女ヤワイ・タイモとの結婚を約束したのに、喪中のため一年間式は出来ないのであった。しかし白狗部族は、疑いを持っていた。

それで周辺の部族と話し合って日本官憲を襲うことに決まりかけていた。モーナ・ルダオも陰謀に賛成したが、すでに妹のテワス・ルダオが近藤巡査部長と結婚式を挙げた後なので、「参加は出来ないが、決して洩らしはしない」と言ってくれた。しかし、テワスはその話を漏れ聞いてじっとしては居なかった。早速マシトバオン駐在所に電話した。近藤巡査部長は、佐塚巡査部長を応

三角峰よりマシトバオンを望む

援するために出張中であった。近藤はトロック駐在所主任であって、テワスはトロック駐在所に居た。両方の駐在所からは、三角峰駐在所が会うのに中間にあるので便利である。テワスはこれが夫の出世の糸口になると信じて、必死に山を登って三角峰を目指した。テワスの方が先に着いたのは山道になれていたのと、夫の出世の糸口を摑むのに懸命だったからであろう。

近藤巡査部長は、この陰謀を知らされると、すぐに電話で霧社分室に報せた。分室は、埔里にあった能高郡理蕃課及び埔里警察署の分室である。分室と言っても、原住民居住地の台湾中部を支配しているので分室主任は相当強力な権力を持っていた。

警察権はもちろんだが、原生林の保護とか原住民子弟の進学にも決定権があった。

この子弟進学への教育への決定権を分室主任が握っていたことが霧社事件の重要な原因になる。モーナ・ルダオの四男にワリスが居た。蕃童教育所と言われる山の学校は小学課程四年で卒業する。出来の良い子は埔里小学校（内地人子弟向きの小学校で高等科もある）へ進ませるのが常識であるが、主任が親の態度を見て決めるのである。

話を元に戻すと、一年の期間を延期されて、喪明けになって総督府は盛大な結婚式をマシトバオン社で挙げた。この宴席に招待されたモーナ・ルダオは、気分を悪くして途中で帰ってしまった。なぜなら、総督府からの贈り物が、テワスと近藤の時よりも遥かに多いからである。総督府としては喪中で遅れたので、その配慮であったが、モーナ・ルダオとしては、マシトバオン社頭目を自分を凌ぐ勢力者に日本官憲はしようとしている魂胆だと読んだのである。

その読みは当たっていた。以後、近藤巡査部長の昇任はなかったし、辺鄙《へんぴ》な花蓮港庁の大陸移民の街の駐在所に配転になった。

移民の子弟にとっては、テワスの額の刺青はもの珍しいのである。街に買い物に出ると、子供が付いいて回る。近藤との仲が良い間はよかったが、「生蕃」近藤が弟の近藤巡査部長に、「テワスを捨てて逃げろ。総督府は学歴のある連中や大資本の会社の支配人などの言うことだけを聞いているから、満州にでも行ってやり直せ」

と忠告した。

崖から身を投げて自殺したという口実を作ってモーナ・ルダオに届けものとして、給料の未払い分と崖に置いてあったという靴と服を慰謝料と共に使いの者が渡しにマヘボ社へ行った。モーナ・ルダオはテワスが不憫になったが、嘘の証拠品に騙される頭目ではなかった。これも事件を起こす原因の一つになった。

佐塚愛祐は、警部補になり、原生林の保護、及び伐採の監視の警察監視署の署長としてマシトバオン社を離れた。袈裟次郎がやって来た。近衛師団軍曹にまでなった男が、兄より七歳年下だったが、何を思ってか台湾にやって来た。推測の域を出ないが、大正八年にハボン駐在所近藤小次郎警部の世話になって、農場の手伝いをしたと言うのである。大正八年にはサラマオ事件で駐在者二ヵ所が襲われた。そしてモーナ・ルダオ暗殺未遂事件の銃弾がマシトバオン社と絆が強い社から発射されていた。ハボン駐在所近くにあるテピルン社から発射されたという。犯人の氏名は確認できない。ひょっとして袈裟次郎が居たとしたら、何か関係していないかと思うのは当然だろう。帰京後、東京で内閣を全員「誅殺」というクーデターに加わるのである。内乱予備罪の疑いがあるのである。

台湾のマヘボ社の頭目を暗殺する企てに加わって、未遂になり、ほとぼりの冷める翌年に内地に帰ったと考えられないだろうか（自白調書と事実は異なる）。

人間の素性は、簡単に変えられないだろう。

マシトバオン社での結婚の宴会は、続いていた。そこへ上座の後ろの藪ががさがさと音がした。猪が出たのか。気付いた時には、男が一人出てきたのである。やにわに佐塚警部補に襲い掛かった。佐塚は腕を摑まえて、ねじった。そして若衆に渡した。その夜は、この男を留置室に泊まらせた。翌朝、頭目の命令で若衆に連れられて、マヘボ社との境になる峠で山刀一振りが渡された。自刃せよとの命令だと男は気付いて、喉首に山刀を当てた。

「待て」という言葉が聞こえた。井上伊之助医師が、勘づいて後を追ってきていた。

それでも、傷の処置はきちんとしておいた。

男は佐塚より前にヤワイと婚約していた。政略結婚をした娘達は、それぞれが婚約者がいた。しかし、政策上、総督府は結婚と引き換えに便宜を図った。だから、政略結婚は蕃社の死活問題になっていた。

テワスのように捨てられた原住民の娘は、蕃社ではどの男も受け付けなかった。原住民の集落に性病を持ち込まないための予防措置でもあって、他の民族や部族に嫁いだ場合、捨てられると元の蕃社には普通は戻れない。ペケレンと言われる。他の民族や部族に嫁いで捨てられた女の蔑称である。

一方峠からマヘボ社のモーナ・ルダオを頼って来た喉に傷跡のある男は、楽器ロボを演奏するのがうまいので、ロボと呼ばれていた。

彼をマヘボの洞窟に住まわせていたが、テワスはロボを訪ねて一緒に暮らすようになった。

# 第四章　霧社事件

事件の発端は、吉村克己巡査が赴任してきたことからである。吉村は九州の遠賀川流域で材木を切る木挽き職人であった。木挽き職人がなぜ赴任してきたかと言うと、霧社小学校があって、内地人（日本出身者）子弟の小学課程を学ぶ学校であった。「蕃地」といわれた原住民居住地の警察官の子弟が多く、親の勤務地に近い霧社の寮生となって学ぶのであった。「蕃地」の拡大に伴って、警察官子弟も増えていったので、学校の寮を増築しなければならなかった。そこでマヘボ社に製材所を駐在所の隣に設けた。当時は大きな鋸で製材する。職人は台湾人（本島人と呼んだ）が二人居たが、指導するのは本土から赴任した吉村巡査であった。

この吉村巡査が若くて、佐塚警部の指導によると、「蕃社」では、日本人巡査は威厳がなければ「蕃人」に馬鹿にされるというのであった。

台湾は九月、十月はまだ白い官服だった。

吉村が赴任した新任だということは、タダオ・モーナ（モーナ・ルダオの長男）も知っていたので、少しちょっかいを出してみようと思ったのだろう。

製材所から出てきた吉村巡査は白い官服を着ていた。そこにタダオ・モーナが偶然出遭ったようにして、近寄った。

「吉村さん、夕方から飲み会があるので、吉村さんも出て呉れませんか」

そう言うと、連杯という大きな皿のような杯（二人が同時に飲む杯）に牛の生血を入れたのを、吉村巡査に近づけた。真っ白な官服が汚されると思って、吉村は、

「汚い！」と叫んで、ステッキで払った。

タダオは「なんだ、この野郎！」と叫んで、吉村巡査に飛び掛かった。格闘が始まった。

タダオは格闘技は若衆を相手によくやっていた。

若衆がやんやの喝采を送っていた。腕っぷしはタダオの方が数段上であった。たまらないのは、吉村が血だらけになって、跛行するほど打ちのめされたことである。若衆のタダオへの喝采は最高潮になった。

この話はすぐに佐塚警部の耳に入った。佐塚は分室主任として放置できなかった。父親のモーナ・ルダオを呼びつけて始末書に拇印を押させた。

こういうことがあって、九月末に四男ワリス・モーナが四年で蕃童教育所を卒業するので、埔里小学校（内地人子弟のための小学課程）に転入しなければならなかったが、マヘボ蕃童教育所でワリスの担任だった花岡一郎をボアルン蕃童教育所に配転替えをした。

分室主任は原住民子弟の教育を妨げる実権を握っていたのである。

花岡一郎は、霧社分室のある霧社の街からほど近いホーゴー社出身でマホーニと言われるシャーマンの家に生まれた。ホーゴー社から少し離れた所に自宅があった。マホーニは、すでに虐殺が行われたのを述べたが、一般の原住民とは距離があって、疑わしい目を一般の原住民から向けられることがあった。孤独、だからこそ勉強も出来た。

後にモーナ・ルダオに睨まれると、事件の勃発を知りながら、黙っていたのは、射すくめられていたと思われる。彼は埔里小学校高等科から台中師範を出た。師範を出ると、授業料がタダなので、その代わりに教員になるのである。原住民の場合、教員ではなく警察官になって蕃童教育所で教える。この教育所は駐在所に併設している。蕃童とは原住民子弟のことであって、霧社事件の原因の一つになったというので、蕃童教育所は四年制だったのが、事件後総督府は、六年制にした。大陸からの移民の子弟（本島人）の公学校は早くから六年制で高等科二年も設定されていた。また高等科二年卒業者の内、試験に合格した者は医学校に入ることが出来た。原住民も入ることが出来るようになったが、かなり遅れてであった。ちなみに内地人すなわち日本本土から渡ってきた人の子弟は医学校には入れなかったが、後に台北帝国大学附属医学専門学校になり、台湾大学医学部の前身はこういう医学校であった。台湾総督府行政長官後藤新平が設立したのである。

霧社地方唯一のインテリであった花岡一郎は、事件が起こる前日に行われた霧社公学校の学芸会でオルガンを弾いたが、指が震えていた。夜の映写会では、「明日は忙しいから早く終わるようにしてくれ」と頼んだ。

昭和五年（一九三〇年）十月二十七日午前三時半頃、マヘボ社造材班宿舎の戸を叩く音がした。数え四十七歳の岡田竹松巡査は長い間にわたる「蕃地」勤務でボケ気味で、眠りが浅かった。それで最初にこの音に気付いた。

「まだ夜は明けていないはずだ。風の音だろう」と思って、うとうととすると、また、しつこく繰り返し音がする。耳を澄ますと、人の声がする。

「岡田さん、吉村さん、蕃社に急病人が出た。お願いだから、至急、医者を呼んでください」

「蕃社」では、電話は駐在所と造材班宿舎にしかない。医者は一番近くでは霧社分室の近くの公医がいるが、往診は駐在所の所員かその家族に限られる。おかしいなと思うのが普通だが、寝ぼけていた。吉村巡査の寝息を聞きながら、床から起き上がって、寝間着のまま戸口に近づいた。戸を叩く音は一層激しくなる。

「早く開けてください。病人が死んでしまう」

その時、吉村がガバッと跳ね起きた。

「岡田さん、開けるな。あれはタダオ・モーナの声だ」

岡田が閂を外した後であった。

すっと、素早く戸が開けられた。ひんやりした山の冷気が、薄着の岡田の肌に触れた。同時に岡田の背筋に戦慄が走った。

二十七歳のタダオ・モーナはその手にしっかりと山刀が握られていた。

吉村がランプの灯を消した。一瞬の闇を利用して、岡田はサーベルか拳銃を手に取ろうとしたが、山地人は夜目が利く。他の一人の山地人が、岡田の後ろから組みついた。

「吉村逃げろ」

これが岡田の最期の言葉だった。

いくら夜目が利いても、闇の中を這いまわっていた吉村の居場所が分からなかった。

しかし、「畜生」の一声で見当を付けてタダオは山刀を振るった。吉村もタダオの足を払った。タダオはちょっと飛び上がって、上から吉村に覆いかぶさった。吉村の喉元を絞め上げてから、山刀を振るって首を刎ねた。

吉村巡査の首級を槍の先に掲げて、意気揚々と引き揚げるタダオ・モーナの顔は晴れやかだった。

マヘボ山に集結した同社の衆は挙ってタダオ・モーナの一行を迎えた。

それから一時間後、午前四時半頃、モーナ・ルダオは次男バッサオ・モーナと一緒にマヘボ駐在所に行った、杉浦巡査だけがいることは調べがついていた。杉浦は柔道が強かった。それを恐れてモーナ・ルダオは次男の腕を心配していた。次男はホーゴー社から嫁を貰ったが、嫁をそっちのけで遊び回っていた。返り討ちに遭うことを親として心配していた。マヘボに配属されていた石川巡査は、霧社公学校での祝賀会としての運動会に出席のため駐在所に居なかった。

杉浦がサーベルを抜いて身構えた時、バッサオ・モーナを先頭に山の男達が雪崩れこんできた。戸は押し倒されていた。にわかに襲ってきた男に斬りかかったが、サーベルが邪魔になって、バッサオに組みついた。バッサオと杉浦は雨戸を蹴破って、庭に転がり出た。格闘は暫く続いた。昨夜の雨で、庭には木の葉が散り敷いていた。杉浦はさすがに柔道の技をかけ忽ちバッサオを組み伏せた。ふと、子供の泣き声がした気がした。妻のヤス子が霧社に連れて行っていた（杉浦ヤス子は無事に本土の愛知県に帰り、戦後郵便局に勤めていた）。子供の声に気を取られた隙に、モーナ・ルダオが後ろから首を絞めた。バッサオが山刀を拾って首を刎ねた。

濁水渓谷でホーゴー社は静かであった。ホーゴーの家々は寝静まっていた。頭目もおとなしくて官憲の受けが良く、他に比べられないほど上級学校に進学を許可されていた。裕福な「蕃社」であったことも、受けが良い条件だった。モーナ・ルダオが蜂起の計画を相談しなかったのは、反対するに決まっていたし、と言って、乗りかかった船なら、漕ぎ始めると見ていた。引っ込みがつかなくなれば、加担するだろうと見ていた。それでバッサオにホーゴー駐在所を襲わせておいて、話を進めるのであった。

柔道の達人で知られていた杉浦も首を刎ねられたとなると、否が応でも男衆の意気が上がった。

大頭目モーナ・ルダオは、サクラ駐在所を焼き討ちした後、次男バッサオ・モーナの率いる一隊をホーゴー社に繰り出させ、大頭目自身は道を転じて、能高本道はスーク社に出て、同社の男衆を威圧した。

「今朝、わがセーダッカは、日本の支配から脱し、オットフの山を、オットフを敬う我等のものに返すために、立ち上がった。まず、先頭をきって、マヘボの衆が立ち上がり、続いてボアルン社も起こった。スーク社の者も起て。日本人駐在所の警官は首を刎ねられた」

そしてバッサオに率いられた一隊をホーゴー社に派遣して置いて、ホーゴー社頭目が引っ込みがつかなくさせる。モーナ・ルダオは能高本道をスーク社に出て同社の男衆を威圧した。

モーナ・ルダオはスーク社の一部を率い、バッサオの一隊と合流し、混成部隊となってホーゴー社を訪れた。

ホーゴー社では迎えたのは、ピホ・ワリスとごく少数の者達であった。

ホーゴー社頭目タダオ・ノーカンはモーナ・ルダオに会うと、まず言った。

「日本の兵隊や警官は木の葉のように多いから、とても勝てない。それに、雷鳴のように轟く大砲、鳥のように舞う飛行機、滝のように絶え間なく撃ち続ける機関銃、どれもわが方にはない。止めた方が良い」

すると、モーナ・ルダオが言う。

「勇敢なタダオ・ノーカンよ、わがセーダッカの敬うオットフの土地、森林、山川のすべてが、日本人の過酷な出役によって、荒れ果てんとしている。わがセーダッカは出役に追われ、まるで屠殺場に曳かれる牛か羊のようだ。日本人は伐採した木材を肩に担げというが、我等は木材を引きずるやり方だ。慣れない仕事は疲れる。それに賃金も本島人の半分以下だ。これはセーダッカを見くびった仕打ちじゃないか。塩を賃金の代わりに呉れるのも、専売法があるから塩はお金に替えられないのだ」

タダオ・ノーカンが納得させようとする。

「橋も道路もわがセーダッカには役立っている。一郎の話では、今世界中が大恐慌に襲われて、予算は削られ、賃金は下げられ、嵐が会社や市町村を襲っている。悪気で賃金が下げられたのではない。大恐慌という嵐が襲っているのだ」

モーナ・ルダオはきっとなった。

「タダオ・ノーカンがそんなことを言うのか。

橋や道路は日本人子弟の小学校の建築のために資材を運ぶために役立つのだ。そしてセーダッカが立ち上がれば、兵隊や警官を派遣するのに役立つのだ。今セーダッカは立ち上がった。タダオ・ノーカンが先頭に立たなければ、なんのための頭目だ。二つに一つの答えだぞ」そう言うと、銃をホーゴー社頭目に突き付けた。

その時、誰かが叫んだ。

「駐在所から火が出た」

盛んに駐在所が燃えている。タダオ・ノーカンが姉のオビン・ノーカンを駐在所に差し向けたが、バッサオ・モーナの方が先に着いて火を付けていた。長い間、ホーゴー社の主だった者が話し合ったが、決着がつかないまま実戦が始まった。こうなると、タダオ・ノーカンは勇敢な男と見込まれただけのことはあった。凸角台地に陣取って一歩も引かず日本軍に抵抗した。壮烈な戦死をしたのだが、タダオ・ノーカンにモーナ・ルダオは援軍を送らないのであった。この時期を境にして大砲山砲に飛行機と文明の兵器を使って、原住民の抵抗を鎮圧していった。

午前八時五分頃、小笠原敬太郎台中州能高郡郡守は、宿舎の桜旅館（現在は霧桜大飯店）を出て、霧社公学校の校門を通り、アーチを潜り抜ける所であった。国旗掲揚が行われる直前であった。郡守の後ろについていた菅野政衛理蕃課嘱託が、何者かに首を刎ねられ、その首を拾って、犯人は逃げた。後に分かったのだがスーク社のウカン・パワンであった。

すかさず近藤（小次郎）警部、神之門、柴田亮警部補が逮捕しようと、走りだすと、銃声が鳴り、津波のような轟きとなって、白刃を朝日に輝かせて、山の方から押し寄せてきた。

花岡一郎が何か叫んだ。制止させるように両手を広げた。だがすぐにやめて、官服を民族服に着替えた、姉が持ってきていた。

猫かぶりで観客の中に居たホーゴー社の不良の一人が、日本人の子供や警察官に襲い掛かった。

佐塚警部は、この催しの最高責任者であった。いつもは腰に五連発モーゼル拳銃をこれ見よがしに着けていた。催しの責任者なのでハレの催しでは拳銃は身に着けなかった。サーベルしかない。さっと抜いた。一振りで襲い掛かる民族服の若者の一群を追い払った。

だが襲ってくる群衆の波は絶えることはない。

小笠原郡守が、周囲を窺うようにして逃げ場を探していた。

「郡守殿、早くこちらから埔里への道になります」

　菊川孝行視学官が小笠原郡守の小姓のように郡守に付いて回っていたが、郡守は近眼で度の強い眼鏡をかけていた。その眼鏡を途中で落としてしまった。弱視なのでもう逃げられないかもしれない。菊川視学官は我が身が危ないのに郡守の近くでは絶体絶命になる。そこで小笠原に忠告した。

「郡守殿、このあたりの藪に隠れて時期を待ってください。必ず援軍が来ますから、それまで機会を見てから逃げてください」

　そんな我が身大切の忠告しか出来ない小姓だった。小笠原は忠告に従って、藪に隠れた。藪には蚊が音を立てて飛んでいた。暫くは凌げたが、猟犬が臭いで小笠原を見つけ出し、吠えたてた。郡守は肥った身体を揺さぶりながら、転げ回るようにして、坂道を降り、橋の所まで来た。その時、暗殺未遂事件で弾が頭頂を掠めたので、痕が禿になっているモーナ・ルダオと台湾コブラのように身体を上下・前後に振りながらピホ・ワリスが追いついた。モーナが郡守の首を摑まえて差し出すと、ピホ・ワリスが叫んで首を刎ねた。

「豚め！」と。

一方、佐塚警部は、押し寄せる津波のような原住民の中に喉に傷跡のある男を見つけた。

寄せ来る群衆の中に喉元の傷跡のある男を見つけた。井上伊之助医師が傷の手当てをしたといっていた男である。その男が一歩前に出た。一騎打ちの名乗りを上げげたわけである。「なにを、こん畜生め！」と佐塚は思った。

ふと、「故郷の茂来山」を思い出した。霧社にも似た形の山があるので、佐藤博士に話すと、博士が言っていたのは、「モライ」はアイヌ語由来だとすると、アイヌ語とケルト語が良く似ているのだ。北海道にヌプリという山名があるが、［nu］はケルト語で［knuck］で［ck］［k］は気息音で消える。［p］は［pen］で「とがった」という意味、［ri］はケルト語で王のことを［ri］といい、「高い」意味がある。「高いとがった山」の意味となる。佐藤説では、「モライ」は「静かな森、静かな死、わが死」と解釈できる。そんなことを考えていると、傷のある男が山刀を一振りした。佐塚の体をなで斬りにした。血まみれになって、群衆の中に父末蔵の姿を見た。幻影だろうが、歴史のパラドックスなのか、死の瞬間に山の男の謀反が、佐久の一揆と一体化したのである。

花岡一郎は、姉の持ってきた民族衣装に着替えて、二郎の宿舎に向かった。途中で新原霧社公学校校長が、教員宿舎に逃げ込む婦人子供達を庇って日本刀を抜き立ち向かって孤軍奮闘していた。銃声がしたので振り向くと、新原校長は銃弾に倒されていた。民族衣装の粗末な黒白の縞模様の衣服に身を包んでいたので、一郎だとは誰も気づかない。宿舎で二郎と話し合った。次のような声明文を墨で走り書きして黒板に貼り付けた。

「花岡両、我等も、

この世を去らねばならぬ。

蕃人の公憤は、出役の多いために、こんな事件になりました。

我等も蕃人に捕らはれどうすることもできません

昭和五年十月二十七日」

二郎が先に口を開いた。

「内地人のやり方はひどすぎた」

一郎が答えた。

「でも、この酷い仕打ちはどうだ。僕も日本のやり方は、山の人の立場を無視していると思った。しかし、このむごたらしい仕打ちには弁解の余地がない。日本の警察と軍隊が必ずやって来る。鎮圧するだろうが、これ以上の殺戮は許されん。見てくる」

そう言って一郎は運動場に出た。殺戮はほぼ終わっていたし、猟犬が這いまわっていた。

花岡二郎の妻初子は、買い物のつもりで外へ出て、店が閉まっていたので、公学校へ向かうと、惨劇が始まっていた。わけがわからずに、教員宿舎に逃げ込む人達と一緒に逃げ込み、死骸の重なる下に潜り込んで、息をこらし、音が聞こえぬようにしていた。反日原住民の群衆が去って、静かになってから、「オビン、オビン」と呼び声がした。「あれは私と同じ名前の叔母の声だ」と分

かって、出て行くと、

「ホーゴー社もモーナ・ルダオと一緒に日本軍と戦うことになった。民族衣装を着なさい。和服を着ていると、日本人と間違えるから」

それで着替えてから、宿舎に帰ると、深刻な顔をした二郎が居た。一郎が出た後だった。二郎は覚悟をしていたので、初子に対して、言った。

この時点では、霧社地方の各「蕃社」は日本側につくか、モーナ・ルダオの誘いに乗るか決めかねていたが、頭目の判断が決め手になった。

初子はパーラン社で過ごして、日本軍警の鎮圧まで待つのである。

一郎は二郎と共に、花岡一族を連れて、ホーゴー社近くの小高い丘に登った。無言だったが、一郎の妻花子の母イワリ・ノーカン（初子の父の姉）が、一族の皆と心中するために、死に方を教えた。

「私が歌を歌い終えたら、紐を木に掛けて首を通して足を地面から離しなさい」

首吊りである。すると一郎と二郎は「まだ早い」と言って、その夜は一緒に森の中で過ごした。

翌朝、パーラン社から花子の姉の夫ワリス・テワスがやって来た。一郎が連れてきたのである。事情を話して、初子に言った。「一郎の奥さんの花子の姉が、パーラン社に縁づいているから、あそこなら日本側から離れない。日本を裏切らない頭目が居る。だから、パーラン社に行くのがよい」

実は初子は妊娠をしていた。それで二郎は別れる時に、

「身体を大切にしなさい」と言った。

とりあえず、霧社は危険なので、パーラン社に向かった。初子の母と、彼女の父の姉オビン・ノーカンが初子を連れて、ワリス・テワスに先導をしてもらい、パーラン社へ行くことになった。

パーラン社は霧社よりも埔里に近く、頭目が親日であった。モーナ・ルダオはパーラン社には、諦めてか、加担を依頼していない。石川巡査も匿われた。

一郎、二郎は、初子の安全を見届けると、ほかの一族は、花子の母が言った通りに、首を吊った。一郎と花子と幼児の幸雄とが居た。幸雄が火のつくよう

に泣き出した。一郎は結婚式に着た紋付に袴だったが、日本刀で幸雄の頸動脈を斬った。花子が涙を拭うと、蜜柑が転がって、ドロップの缶で止まった。その缶に手鏡を立てかけて、化粧崩れを直そうとした。二郎が渡した縄を受け取った一郎は後ろから花子に近づいた。鏡に映った一郎に花子が気が付いた。思わず一郎は花子を抱き締めた。花子に目で意思を確かめてから、日本刀脇差でさっと頸動脈を斬った。

続いて、一郎は切腹をしようとしたが、途中で苦しんだので、二郎が介錯の代わりに、首を斬った。一族の皆が命絶えたのを確かめた二郎は最後に首を吊った。二郎の顔には被いがなくて夕日に映えていたが、ほかの者は皆二郎が布で顔を被っていた。

## 第五章　モーナ・ルダオ一族の最期

未だ勝敗も分からない段階に、婦人、子供に日本官憲に投降するように、命令したモーナ・ルダオだったが、これには史料に出てこないが下松仙次郎（後述）の親族から筆者が聞いた話から想像される、驚くべき下松とモーナ・ルダオの対話があった。モーナの側近のアウイ・シュドの話すところでは、十二月一日朝、前日来の雨が降り注ぎ、霧で谷間は視界が閉ざされていた。そこへ日本軍の爆弾が一斉に集中した。大樹を切り裂き、岩石を砕き、モーナ・ルダオが奥深くに居た洞窟の前方、七、八間の所で、爆弾が炸裂し、近くの仮小屋十数戸が一気に壊され、多数の死傷者を出した。破片はモーナ・ルダオのすぐ近くにも落ちた。それより前の十月三十日に、日頃親しくしていた二十数名が、爆弾投下によって、一時に折り重なって死んだので、文明国の破壊力の物凄さを改めて思い知らされた。霧の深い谷の中でさえかくも正確に弾丸は命中する。もはや逃げ場はないと、悟ったのであろう。

後は長男タダオ・モーナに一任すると言って、親族一行を連れて森の中深くにモーナは入って行った。彼等一行は森を抜け、断崖をよじ登り、カーチンの耕作小屋で、妻バカン・ワリス、家族のバカレ・モーナ、クモ・モーナ、ルピ・モーナ、ピラカ・モーナ、その他タダオ・モーナの妻子を含む親族合わせて肉親十八名に言った。

「ワシは今日まで日本人に対して一生懸命に戦ってきた。しかし、もう覚悟を決めた。これがこの世の別れと思え。お前たちは一足先に、アトハンへ行き、祖先に逢ってくれ。ワシも間もなく日本人にもセーダッカにも行けぬ断崖絶壁に行き、遺骸を誰にも見られぬようにして三八式銃で死ぬ。お前達はこの小屋で首を縊って死ぬように」

ところが、妻など三人は気後れして承知しない。それでモーナはこの三人を銃で射殺した。全員が死ぬのを待って、小屋に火をつけた。首を獲られないようにである。それからどこともなく去って行った。モーナ・ルダオの行方は、年が明けても見付からなかった。

モーナ・ルダオに後事を託された長男タダオ・モーナは即興詩人であった。二十七歳で妻子があったが、モーナ・ルダオによって銃殺されていた。

日本の官憲は、何とかタダオ・モーナだけでも帰順（投降）してくれれば、帰順式を挙げて反乱を収めようとしていた。妹のマホン・モーナを官憲側の使者として、タダオ達の一行に派遣した。すると、タダオが言うには、「酒を持ってきてくれ。そうすれば、ルクダヤの樺沢の所なら行ってもよい」

樺沢警部補は原住民に人気があった。特にマヘボの若衆に人気があった。そこでマホンについてきた若者一人が往復二時間かけて、四合瓶入り半ダースの酒を持って帰ってきた。樺沢は「保護蕃」の居るルクダヤで、タダオが出てくるのを待っていた。

「タダオ・モーナさえ出てくれれば、帰順式をやる。何でもいいように取り計らう」と言っていたと伝えた。すると、タダオは周りの仲間を見て、「さあ、オレが行くと、部下が何と言うか」と言って犬や鶏を狙って銃を撃っていた。しかし、いつもとは違って一向に当たらなかった。弾を残すのは恥とされるからである。仏心を起こしてわざと外したのかもしれない。届いた酒の二本を傾け、傍らで欲しそうに覗いていたピホ・ワリスに一献振る舞った。そのほかの一緒に戦った戦士達にも酒を振る舞った。しかし、使者の男には酒を振る舞わなかった。やがて、妹等の使者の一行が昼食を終えると、部下のダッキス・ナパイの手を取って即興で唄を歌いながら、リードして二時間踊り回った。

「アトハンへ旅立った父母恋しや
　　別れの辛さ
オットフの元へ着いたか妻子恋しや
　　別れの辛さ
さあ、この世の風もいつまで吹くか
　踊り唄って、唄い踊って
　　　春を待て

飲んで歌って
歌って飲んで
　　　　　　春を待て」

こんな風に即興で唄を作り、歌い踊った。終わり近くになると、哀愁を滲ませる歌になった。

「わが妻ハバヲ・ボッポよ、
　アトハンで酒を造って待って居ろ
長男モーナ・タダオよ、
　笹の葉があれば、川船作って遊ぼうよ
次男ワリス・タダオよ、
　少しは言葉を覚えたか
わが妻ハバヲ・ボッポよ、
　春が来るまでに会えるから
　春が来るまでに会えるから」

妹マホン・モーナを焼き払われた彼の家の裏の森に連れて行き、こう言った。

「土地全部と黄牛をお前にやろう。生き残った者は誰もオレの土地を奪ってはならぬ。オレは必ずこの世に戻ってくる」

「あなたが生きていたら、どうするの」と妹が尋ねると、

「いや、オレはもう覚悟が出来ている。二度と迎えに来るな」

最後の別れに、妹の着ていたラッタンカバハンという外套とパラリネリという前掛けを受け取り、「さあ。これから死出の旅だ」と言い捨てて、急いで急坂を駆け登った。

「この世に墓はないのだから、身体を犬にでも呉れてやれ」

この様に解釈できそうな言葉を残した。

十二月九日、タウツア社の者が、ブカサス渓谷の上流で、タダオ・モーナが部下四名と共に、首を縊って死んでいるのを発見した。背負い袋や見回り品を整然と木の枝に掛けた覚悟の自殺であった。ただ、側近のピホ・ワリスの遺骸はなかった。ピホ・ワリスはコブラのように長い首をして生きて帰順式に出席

した。

その後、彼を見かけた者はいない。

昭和九年になって、野生の山羊を追いかけて山奥深くにまで至った原住民が、狩りの途中で断崖絶壁の上で異様な遺骸を見つけた。大柄の身体つきで、露出した側は白骨になり、日に当たらぬ側はミイラ化していた。帽子は官帽を被り、これは公医志垣源次郎氏の所有物で、ほかにも志垣氏の羽織を身に着けていた。モーナ・ルダオに違いないと判定された。三八式銃で自ら引き金を引いていた。台北帝大研究室に保管されていたが、戦後霧社の霊安殿が出来て、火葬の上祀られている。

# 第六章　二・二八事件

佐塚昌雄伍長の雑嚢には、『理蕃の友』に載った下松仙次郎の投稿文の切り抜きと、日本列島と台湾とティモール島を結んだ地図の断片が後生大事に仕舞われていた。下松の投稿文の価値については、後に述べる。

地図の切り抜きは昌雄の独特な考えから出てきた見方である。ティモール島は、南回帰線から赤道に至る間の三分の二の所にある。したがって、太陽がティモール島の上にある時は、冬至から春分の三分の二の時、二月末である。霧社事件が起こった十月末は、秋分と冬至の間の三分の一に当たる。太陽はやはり赤道から南回帰線の間の三分の一の所で、ティモール島の上である。昌雄の妙な考えへの拘りから、今度は佐世保から「リバティ号」と言われた引揚船に乗って台湾に向かう時に、船内で知り合った学徒出陣で陸軍少尉（ポツダム中尉と言われた）の陳文慶が大学は農業経済学専攻なので聞いてみた。
「それはエル・ニーニョと言われる気候変動が原因だろう」エル・ニーニョはスペイン語で幼児キリストのことなのだが、実際は沿岸の人々にさまざまな被害を与える。太平洋の丁度ティモール島の緯度と同じ緯度に当たる海で対流が起こり、気候変動を起こす。

船内では伍長が兵の代表となって、尉官である陳文慶少尉、張果人海軍少尉と交渉した。兵の側では、戦争が終わったのだから、兵と尉官を区別しているのはおかしいというのである。それに船に乗ったら、日本人ではなく、中国人になった。つまり戦勝国民になったというのである。

陳文慶は笑って言った。
「君たちは、台湾で何が起こっているか知らないのか。日本は今は戦争に負けて悔しさもあって日本人は必死に耐えて働いている。戦争に負けたから文化が滅びるわけではない。むしろ台湾に帰り日本人のように必死になって、台湾を復興させるのが使命だ」

台湾で起こり出していることを、引揚者から聞いていたのである。「島が見えた」というので甲板に出た。張果人海軍少尉が佐塚伍長に名刺をくれた。

「医師　張果人」とあって、住所は花蓮県鳳林となっていた。

「では台湾でまた会いましょう」と言ってくれたが、二度と会うことはなかった。台湾では、国民政府の気に入らない者は医者であっても殺されたのである。張果人の父は有名な地方の県会議員であった。それも国民党は気に入らないのか、患者の往診を頼むようにして連れ出して、二人の息子が父親と共に射殺された。一人だけ息子が残されたが、この息子は国民党軍に所属していたので助かった。

　基隆の入国管理局の窓口では、「漢字で名前を書いてください」と言われ、「原住民ですから、ローマ字でしか書けない」と言ってローマ字でTaimo Araiと書いた。祖父の名前である。佐塚昌雄では通用しない。台湾は中華民国になっていた。

基隆から台北の駅までの途中で汽車が停止して動かなくなった。「何だ。この駅はどこの駅だ」とホームの駅名を見ると、「八堵」と漢字で書かれていて、その下にPatuとBaduと並べて書かれていた。昌雄は一方が北京語でもう一つが台湾語だと判断した。同僚の何貫永伍長が「見てくる」と言って汽車から下車して駅長室の方へ行った。

丁度トラックが来て、駅長はじめ駅員を全員乗せて去って行くところだった。銃尻で嫌がる駅員をこづいている兵隊を見た。

何貫永伍長が汽車に戻ってきて、「とんでもない連中が台湾に進駐してきた。一人の兵隊が台北へ遊びに行き、帰るのに、改札口を切符も買わずに拳銃を駅員に突き付けて、『八堵』駅まで来たが、駅長室にその兵隊が呼ばれると、『今に見てろ』と言って仲間の兵隊を呼んできて、連絡の取れた駅員全員をトラックで連れ去った」というのである。ただし一人の駅員が駅長室から離れた所で作業していたので助かった。八堵は操作場のある駅で広いので見付からなかったのである。

助かった駅員が後にこの物語を伝えた。

台北駅を過ぎて、新竹の手前で車中に乗りこんできた若者数名が、何か乗客一人一人に訊ねて、日本の国家「君が代」を歌わせていた。出来ない者は外省人だと言うので、ぼこぼこに殴られる。昌雄の番になった。もちろん威儀を正して歌う。すると、リーダーが言った。「あなたは日本人ではないか」

「違います。台湾の山の生まれです」

「ああ、高砂の方ですね。復員ですか。義勇兵ですか」

「違います。正規の兵隊でした」

「われわれは、大陸からの進駐軍の兵隊にがまんがならないのです。お互い台湾のために頑張りましょう」

そう言うと、次の車両に移って行った。

台中駅に着くと、電報を打っていたので、佐塚家の妹で下山治平元警部補の次男下山剛日本軍高砂部隊部隊長、陸軍中尉にまでなった人の妻である富子が出迎えた。

　久しぶりに逢ったので、富子は涙ぐんでいた。

「蘭子さん、気の毒なことでした。街なら特効薬があったのに、山の中ではキニーネは手に入らないから、手の打ちようがなかった」

「母はどうしてる」

「マシトバオンの家に居るわ。兄さんの帰りを待って居る」

「そうか。無事か」

　それから妙なことを言いだした。

「兎に角、台湾は大変な連中が占領軍になった。危ないから縁の下で様子を見るので、飯は運んでくれ」

「縁の下で暮らすの」

「そうさ」

　本当に昌雄は縁の下にもぐって、暫くしたら、楊明鏡がやって来た。

「昌雄が復員で台湾に帰ってきたという話だが、まだここに帰ってこないか」

「いや、私は知らない」

と富子は空とぼけて答えた。

「変だな。確かに昌雄の姿を台中駅で見たという話が広まっている」

すると、突然畳を持ち上げて、昌雄が姿を現した。

「山野（日本名）だな」

「何をしてるんだ。子供の遊びではない。母親が待って居るのだ」

それから、山に入るのに一苦労するが、楊明鏡が言うには、「ワシは外省人が困っている時、助けてやったから、ワシが付いていれば、問題ない」と言うのである。

昌雄は腹を立てた。

「いつもマシトバオン社は、うまく立ち回る。外省人の兵隊が、とてつもなく悪辣なのに」

と立て付いた。

「まあ、その内、分かるさ」

楊明鏡は、キセルを取り出して美味そうに吸うのだった。

夕方になって、富子の夫の下山剛が戻ってきた。

「明日は台中県長に逢う約束をした。大丈夫かな」

「いざとなったら、ワシが出る。大丈夫だ」

楊明鏡が保証した。

翌朝、何時になく緊張して、下山剛が玄関を出て行った。県庁の建物に入る時、後ろを振り返って安全を確認した。尾行があれば、逃げようと思ったが、尾行はなかった。

県長の部屋をノックすると、日本語で「いらっしゃい」と言うのである。

「これはわざわざお出ましにあずかり恐縮です」と言うのである。

「実は、私は九州の大学に留学をしました。

さて、本題に入りますが、失礼ながら下山中尉、ポツダム大尉の身元は調べさせてもらいました。原住民のことは初めてなので困っていたのですが、下山中尉が協力して頂ければ、陳儀行政長官もお喜びになります」

「そんなことはおやすい御用です」

「承知いただけますか」

「もちろんです」

「有難うございます」

翌日朝早くに、山の麓を取り巻く警戒線の幾つかの入り口の一つに向かった。銃を発射できる態勢の兵が守っている関所のような門に近づくと、「停止」というアナウンスがした。

警備門の隊長が来て、「何の用事で山へ行くのか」「台中県の県庁からの依頼で山へ入るのだ」と答えると、

「待て。県庁に電話する。嘘を言うと、直ちに射殺する。戒厳令が敷かれているのだ」と言って、電話の受話器を手に取った。話している間も、兵が銃を下山元中尉に突き付けている。

受話器から離れて、隊長が、「よし、分かった。原住民との交渉役だな。通ってよい」と北京語で言った。下山は戦後台中市内の農場試験場の技師に

下山元陸軍中尉の晩年の肖像

なっていた。日常会話は北京語であった。彼は嘉義にあった野球に強い嘉義農林を日本統治時代に出ていた。
一方、楊明鏡に連れられて、昌雄は「停止」とアナウンスされたが、隊長が出てきて、楊明鏡を見て、「通ってよし」と手で合図してゲートが開いた。

# 第七章　ピブアンの戦い

やっと霧社の入り口まで登ってきた。楊明鏡はキセルを取り出して、一服吸った。手ごろな岩を見つけて、昌雄は座った。楊は、マシトバオンの頭目の兄弟の息子で、戦時中は憲兵隊の軍属として、台北の遊郭で高砂族の兵隊が悪いことをしないように警戒に当たっていた。台北市内に高砂兵は訓練のため滞在していた。軍服を着ていたので、子供だった筆者は知らなかった。

楊が指差す方向を見ると、霧がもうもうと立ち込めている。

「あそこで激しい戦いがあって、ピブアンと名付けられた狭い峡谷がある。ピブアンはタイヤル語で『激戦』の意味だ」

モーナ・ルダオは、彼の妻が生まれたタウツア部族が反乱に加担しないのに、腹を立てた。わざわざ刺客を放って、タウツアの頭目の家に匿っていた小島巡査を暗殺することさえ実行しようとしていた。小島がうとうととしていると、突然首狩りの時の飾りを身に着けた男が前に立っていた。

「お前は何しに来たか」と尋ねると、「遊びだよ」と答えたが、手には山刀を握っていた。そこへ頭目がやって来て、直ちに不審な男の取り調べが始まった。男は暗殺者であった。モーナ・ルダオの妻が生まれた社の男であった。一旦日本人巡査が暗殺されたら、日本の官憲は、その社を警戒し、結局、その社は日本に信用されないから、敵側になる。モーナ・ルダオの作戦であった。タウツア部族の大頭目タイモ・ワリスは、親族のトロック部族の若者達が、霧社から逃げてきたホーゴー社生まれの中山少年を、「あ奴はホーゴーの生まれだから敵だ。首を獲ろう」と誰かが言い出して、河原で首を刎ねる時に、少年のパンツがずり落ちて、身体が縄から脱けたので、一目散に逃げ出して近くの派出所に転がり込んだ。丁度頭目タイモ・ワリスが居て、

「こんな子供の首を獲るとは、恥知らずめ！」

と大声で叫んで追い払ってくれた。

埔里街の畳屋に下働きに出ていた若者が帰ってきて、タイモ・ワリスに、情報を伝えた。

「途中霧社の道に点々と牛の血の滴った跡があった。それを辿ると、ハボン渓谷の方へ繋がっていた」と、言うのだった。

タイモ・ワリスは、部下を率いて、ハボン渓谷へ向かった。血の跡を追って行くと、狭い峡谷の入り口まで来た。先頭には頭目が一行を導いていた。峡谷の中へ一歩踏み込むと、突然銃声が鳴った。機関銃である。誰が機関銃の撃ち方を教えたのか。花岡一郎としか考えられない。

バタバタとタウツアの部下が倒れた。そこへモーナ・ルダオ自身が乗り込んできて、タイモ・ワリスに襲い掛かった。決闘である。

二人の頭目は、年ごろも同じで同じ世代の頭目であった。だから片方が下手に出ることはなかったのである。モーナ・ルダオはいずれ決闘で決着を付けようとしていた。こういう時は先手を打つ方が有利であろう。タイモ・ワリスは組み伏せられ、首を獲られた。モーナ・ルダオが歓声を上げた。こうしてこの日、昭和五年（一九三〇年）十一月十一日、タウツア側は頭目戦死、頭目を含む戦死者十四名、重傷者十一名であった。タウツア部族トンバラハ社の次期頭目はタイモ・ワリスの長男アウイ・タイモがなり、この若い頭目は父の仇に必ず復讐することを考えていた。そして第二次霧社事件が起こされるのである。

ここまで楊明鏡が物語って伝えると、楊はキセルの先に火を付けて、タバコを吸うのだった。

# 第八章　首狩り合戦

日本人は首狩りはとうの昔の伝説と思っているかもしれないが、戦後にも危ない合戦が起こりかねない状況だった。

下山剛が台中県長に頼まれて、霧社に入るべく、途中万大社に寄った。万大社はマシトバオン社と縁戚関係があって、白狗部族で人口が増えて、セーダッカの住む霧社の入り口に移住したのである。下山剛には、麓のゲートの隊長の計らいで巡査二人が付いてきた。二人は山の男であって、足の脚絆に山刀が差してあった。護衛付きの使者である。

万大社入り口の藪越しに覗くと、忙し気に「蕃社」では、首狩りに備えて準備していた。

牛を殺して生血を呑んでいた。婦人・子供は山の奥深くに逃げていた。下山が「蕃社」に入って行くと、頭目が出てきた。

「今頃日本人の中尉殿がお出ましとは、何事です」

「こちらが聞きたいことだ」

と下山が言って、

「この有り様は、何が起こったのだ」

頭目は下山が巡査を連れているのを不審がって、

「今度は中国の中尉殿になったのですか。実は、霧社族のセーダッカが攻めてくると言う情報が入ったので準備しているところです」

頭目の傍に息子の青二才がついていて言った。

「まず下山を邪魔者として首を獲ってやれ」

すると、すかさず下山は巡査の脚絆に差し込んでいた山刀を鞘から抜いて構えた。

「よし、そういうお前と決闘をするのが先だ」

これには、息子が驚いて、頭目の後ろに隠れた。

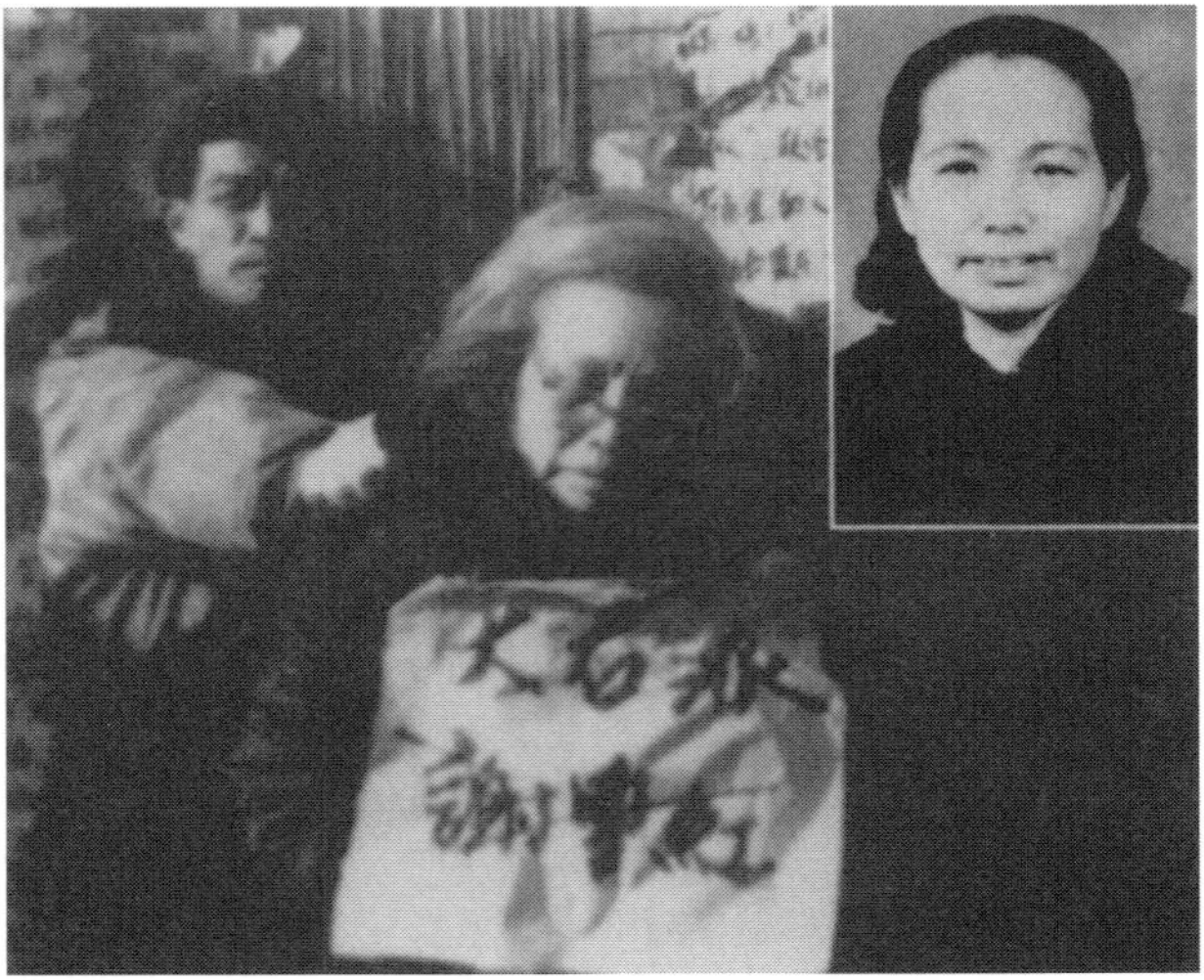

謝雪紅台湾共産党リーダーの肖像と中国本土における迫害。陳芳明著『謝雪紅評伝』（前衛出版社・台北）より転載（黄文雄先生・北京朋友提供）

「蕃社」では、何か決着のつかない時は、決闘で解決する。勝った方が正義なのである。

それから、霧社へ行く途中で、霧社から降りてくる一行百名ほどの若い台湾人に出会った。擦れ違いになったが、多勢に無勢なので、黙っていた。後に知ったことだが、謝雪紅という台湾共産党のリーダーが率いる一行だった。霧社分室の武器庫を解放せよと、交渉したが、分室に居たブヌン族の日本名「加藤」という巡査が拒否していた。

後に謝雪紅は、高雄の北の海軍の港「左営」から、駆逐艦に乗せてもらい大陸の港に上陸して、中国共産党に入り、文化大革命で失脚し、不遇のうちに亡くなった。

謝を導いて駆逐艦に乗せた国府軍海軍大尉の蔡は、謝の幼馴染であった。蔡大尉は銃殺された。

# 第九章　酔人狂乱

台湾原住民には、伝説が言い伝えられている。昔、世界には二つの太陽が天空にあって、昼も夜も照り続けた。それで植物も動物も乾上がった。人間の先祖達は太陽を一つにすることを考えて、もう一つを征伐するために代表を選んだ。或る男が選ばれて、幼児を背負って長旅に出掛けた。途中、蜜柑の種を植えながら帰途の時の食料にするのだった。長い旅の途中で男が死ぬと、背負っていた子供が成長したので、父親に代わって、代表として太陽に向かった。近い所に着いたので、代表の男が弓に矢をつがえて放つと、一つの太陽が闇太陽になった。月になったのである。こうして世界は夜と昼が分かれて、程よい気候になったというのである。

現代から見ると、二つのことが、この伝説で示唆されている。一つは、気候変動が極端になるのを避けるべきだと言うことである。

もう一つは、人間は程よい性格であるべきだということである。

下山剛の長男下山治は良すぎる青年だった。学令期は、戦後の時代で日本人の父親のことは、伏せておいて、漢名で通した。精神的に抑圧していた。これが原因であろう。酔うと、彼は人間が変わって、別の人間になる。出刃包丁を振り回すのである。

霧社の農業学校を出て、仕事に就いた。仕事は上手にこなして、評判も良かったので、妻を娶ったが、或る日、酔って帰ると、出刃包丁を持ち出して、振り回す。それで二度目に酔って帰った時には、妻は鍵をかけた。彼は河原に出て、夜を過ごしたが、明け方になって、釣り人が岩の上で死んでいるのを発見した。心臓麻痺であろう。

# 第三部　下松安子の再婚

## 第一章　下松仙次郎巡査部長

下松仙次郎は、鹿児島県出身で日露戦争に騎兵として従軍、金鵄勲章を授与された。日露戦後、故郷に帰ると、兄は戦死、母親の勧めで、兄嫁の婿となり、下松家を継いだ。小売商売が肌に合わず、高等科三年（鹿児島県は予算がなくて、中学が少ないので高等科三年制にしていた）まで行ったので、英語やドイツ語に興味があり、独学でドイツ語を習得した。近所の者にドイツ語を教えてやったこともある。

戦後の不況で、折から台湾総督府が巡査を募集していたので、応募して台湾に渡った。台湾は彼にとってさまざまな言語があり興味深い島であった。

佐塚昌雄が、大陸から一時帰郷した時に、『理蕃の友』という「蕃社」勤務の警察官のための雑誌を総督府理蕃課が出していた。その雑誌に事件以後、下松巡査部長が投稿した文章を読んで昌雄は感動し、敬意を彼に払うようになった。

「世界先進諸国の理蕃の歴史を案ずるに其の大部分は絶滅主義に則り居るも我が台湾の理蕃は建国の精神に基き、…陛下には蕃人を見る事赤子の如く慈しみ給ひ以て速に同化の実を挙げんと思し召させ給へり…

吾が理蕃に携はりたる警察官は其の数幾万人ぞや、然るに記念さるべき人物の存在は未だ聞かざるなり。これを要するに吾が理蕃警察官の精神的に欠くる所あるを物語るものと言はん。吾が親愛なる理蕃僚友諸彦よ、この得難き人足らんことを覚悟し以て理蕃の花と謡わるるを期せよ。」（『理蕃の友』昭和七年

七月号所載）
下松の叫びは総督府全体が狼狽している事件直後の経験者の実感であった。昌雄は次の文を熟読した。
「惟《おも》ふに、本島理蕃は勧善懲悪、恩威併行主義を続けて来たものであり、又将来も此の方針で進まねばならぬものと信ずる。彼の五か年計画終了後は只管《ひたすら》撫育に移ったと雖も、これに関係する職員は依然として討伐時代の人其儘なる為め殺伐の気風去らず、名は撫育なるも其の実威圧混淆し名実伴はずして日々に進化しつつある可き蕃人蕃社は一方に於いて反抗気分を醸成し不祥事の勃発せる事一再ではなく霧社事件の如きは正に其の最も甚だしい例であらう。」（昭和九年六月号所載）
「化外の地」にある者のみが知ることがしのばれる文もある。
「我々理蕃就中現地在勤者にあっては対象が原始的民族である関係上兎角蕃化し易く、非常識没常識に陥り易い。故に努めて日常修養を怠らず人格を陶治し上下協力一致、蕃人を指導啓発し以て本島政治機関中より理蕃の名称を執り去

ることが本島理蕃終局の目的であって同時に我等理蕃人の責務であると信じる。」（同誌同号所載）

ここで示唆されている霧社事件の原因は、理蕃の当事者である「蕃地」駐在の警察官にあると言うことである。その大元締めは、佐塚警部である。彼は霧社の最高責任者として事件の起こる年の三月末に警部に昇進、マレッパ監視区監督から分室主任に昇進した。佐塚警部は常日頃から部下に対して、「現地住民に舐められるな」と訓示し、出役と言われた強制労働を厳しく実施せよと通達した。「蕃人」には威厳をもって接するようにというのであった。

これは確かに明治四十三年から始まる討伐期そのままの統治者の姿勢であった。この頃をよく示していたのは下山治平警部補であった。彼は常日頃鞭を持ち歩いていた。小学四年しか行かなかった学歴コンプレックスがバネとなって、厳しく原住民に対していたが、愛嬌があって不思議にマレッパの人達からは憎まれなかった。彼が幾つかの「蕃社」をまとめて、「マレッパ」にしたのである（カムジャウ社はその一つの「蕃社」であった）。

下松仙次郎は、兄の子供三人を引き取って、兄の嫁であったカノを妻として台湾に渡り、霧社地方のシカヤウ社に赴任した。この「蕃社」では、頭目が追い出されて、埔里の近くの眉原（バイバラ）社に頭目が率いて一派が移住した。その頭目の娘が後に仙次郎の後妻になる。兄の嫁は「蕃地」勤務を嫌って子供の教育を口実にして鹿児島へ帰ろうと言うのだが、仙次郎は聞き入れなかった。兄嫁カノは井戸に身を投げた。子供達は仙次郎の母親が引き取るのだが、子供の内、長男正雄が妹の絹子をいじめていた。それを知った仙次郎は妹絹子に小刀を与えて、正雄に向かって、「さあ、勝負しろ」と言ってけし掛けた。正雄は阿呆らしくなっていじめるのを止めたと言う話だった。「いじめ」というのは、相手が向かってこないと言う安心感があって出来るのであって、真剣勝負となれば、考えるわけである。

親鸞が唯円に対して「千人の人間を殺して来い」と言うと、「そんなことは出来ない」と答えた。「お前は今何でも師匠の言うことは聞きますと言ったではないか」と言って、「人間には、いくら師匠の言うことでも本願に基づいて出来ないことがある」と教えた。

　正雄も大袈裟に言えば、真剣に考えれば（本願に基づいて）「出来ない」こととして「いじめ」があるわけであった。

　仙次郎の生まれた鹿児島には、隠れ念佛と言われる禁教であった真宗の信者が隠れ念佛を唱えていた。その流れを仙次郎は引いていた。

　その後、子供達は鹿児島の実家へ帰り、独身になった仙次郎は頭目の娘リットク・ノーミンを嫁とするのであるが、二人の間には七人の子が生まれ、殆どが日本海軍水兵になったが、戦後結核になり二人だけしか残らなかった。一人は安子で台中師範を出て、小学校の教員だった。引き揚げ後、鹿児島では結婚はしていたが、夫は病死した。

　霧社事件の関係者が引き揚げで全国に散らばったが、毎年どこか温泉宿で幹事が、「霧社会」を催した。

　ハジメは初めて妻を伴って出席した。そこで安子に戦後初めて会った。ただ一度だけ安子が明るい顔をした。鹿児島県の仙次郎の実家がある所で「素人のど自慢大会」があって、一等賞になったと言う時であった。夫が他界したから淋しい思いをしているに違いないと思って、安子の婿を台湾で探した。ハジメの教会によく出てくる羅義信は安子の少女時代から知っていた。安子も覚えていたので話をすすめた。

# 第二章　シカヤウ社のユーモア

リットク・ノーミンは、下松巡査部長の妻となって、律子と日本名になった。後に戦後、引き揚げる時、下松は躊躇することなく、律子を連れて鹿児島県日置の実家に帰った。日露戦争で戦死した仙次郎の兄の長男正雄が実家を継いでいた。筆者が日置の実家を訪ねた時、正雄は九十歳以上になっていた。

仙次郎の一家は、大家族で海軍水兵に志願した息子は戦死か病死して、残った子供は二人だった。安子と光雄である。光雄は東京の百貨店の寮長だった。訪ねると、母親である律子のことを話してくれた。律子の生まれたシカヤウ社は、台中州と台北州の境にあって、台中側になっている。今はバスが梨山という所を台中市から花蓮市まで走っていて、途中になっていて、弁当売りが盛んに声をあげて売り込んでくる。梨だけでなく果物の木が向かいの雪山（旧次高山）まで果樹園が続いている。雪山の中腹にシカヤウ社は位置している。大正八年、九年にはサラマオ事件があった所である。その時、律子の父ノーミン・ワタンが頭目だったが、親日派として一派を率いて眉原社に移住した。反日としてサラマオ事件で親日派であったマヘボ、ホーゴー社、さらにカムジャウ社とも戦ったのは、大頭目タホシ・ペヘックである。日本官憲はタホシ・ペヘックを許さず、雪山に逃げ込んだ大頭目を戦争が終わるまで、追及していた。ところが、ピリン・ピータイが、律子の父の後、頭目になって、実はピリン・ピータイはタホシ・ペヘックと通じていて、食糧を雪山の隠れ家である洞窟に運ばせていた。戦後、国府軍が上陸し、日本官憲が撤退すると、山を下りてきたタホシ・ペヘックは百歳になっていた。そして、下松巡査部長だけは良い巡査部長だったと、褒めていた。この話は下山ハジメが教えてくれた。正雄は総督府理蕃課の人に「なぜ下松は巡査部長止まりなのか」と聞くと、「余分なことをするからだ」と答えたそうである。総督府は原住民を勧善懲悪で判断し、命令する。したがって、中間で躊躇していたり、抗弁しようとしたりすると、悪者にされるということだった。中間を理解しようとしたのが、下松巡査部長であった。命を賭けた日露戦争従軍の生き残りであった。宗教的信念があった。これは後にハジメの教会についての章で述べる。

ここで二・二八事件の概略を述べておく。台湾では日本人の考えが及ばぬ位に残酷な事件であったことを示すためである。

## 第三章（続）二・二八事件

一九四七年（戦後二年目）二月二十七日、大稲埕の街角で闇タバコを売っていた四十歳台の婦人が専売局の巡視官に見つかって、タバコ以外の現金まで身ぐるみ奪われた。それを見ていた萬華の陳氏が、「返してやれ」と交渉しようとした。すると、巡視官の一人が拳銃をその男陳氏へ向けて発射した。命中して陳氏は即死。翌二十八日、群衆が興奮して行進を始めた。向かう先は行政府である。旧総督府の前にある建物に群衆が詰めかけて抗議した。すると、屋上から機関銃を発射して、幾人かが倒れた。近くの新公園内の放送局を占拠した群衆が台湾中に事件の経過を放送した。台湾の各都市で国民政府の官憲に対する抵抗が始まった。

台湾省政府の軍隊は、外省人を守るのが精一杯で、陳儀行政長官は、群衆に妥協して「二・二八事件処理委員会」の設立を認めた。委員会には有名な台湾人の名を連ねていた。陳儀長官は実は電話で蒋介石総統に増援部隊の派遣を要請した。一方、「処理委員会」は、「綱領」を発表し、「長官公署秘書長、民政、財政のどの処長に台湾人を起用すること、公営企業の経営を台湾人に任せること、県長、市長の公選をすぐに実施すること、専売制度・貿易局・宣伝委員会を廃止すること、言論・出版・集会の自由を保障すること、人民の生命・財産の安全を保障することなど」の「台湾省の改革」の趣旨が列挙され、発表された。

六日には、「全国の同胞に告げる書」として、「われわれの目標は、貪欲な官吏の一掃と、台湾政治改革の実現であり、外省人を排斥するのでなく、外省人の政治改革への参加を歓迎する」と委員会は述べた。

七日、委員会は三十二箇条の「処理大綱」を採択、さらに過激な委員の出した「警備総司令部の廃止、武器庫の委員会管理、台湾の陸海軍を台湾人で充当、等」の十箇条の「処理大綱」を追加採択した。これらは放送局から発表された。

三月八日になって、基隆と高雄に増援部隊が上陸し、基隆からの部隊は、密かに夜の内に台北市内に入り、繁華街の菊元百貨店の屋上で待機していた。夜が明けても、一般の台湾人は全く増援部隊の市内への侵入を知らされていない。百貨店の開店を目指して、客が繁華街の通りに目立ち出した。すると、通行人にはわけが分からなかったが、突然百貨店屋上から機関銃の射撃が始まった。通行人達は避けようがない。バタバタと幾人かが倒れた。そして一週間、見せしめだろうが、放置された。

「処理委員会」に群衆から勝手に名を使われた人がいたが、有無を言わさず自宅に特務が来て、連行し、その後は行方不明となった人が何人かいた。

その一人が林茂生博士である。日本に亡命してきた人から聞いた話では、淡水河（淡江）に、南京袋に入れられて流されたとの話である。確実な話では、淡水河の大橋の下を覗くと、何やら分からぬ物が、沢山繋がってうごめいていたので、よく見ると、死骸が繋がっていたのであって、このことは、林彦卿氏が書いている。（林彦卿著『非情山地』台北、二〇〇二年、二〇〇五年増補再版）

高雄では議員が会議場で虐殺された。後にこの虐殺を命じた司令官が戒厳令の司令官として引き続き台湾の虐殺を実行した。

こういう時代が、李登輝総統が登場するまで続いた。

その時代には原住民の社（村）にまで恐怖政治は及んでいた。

シカヤウ社頭目ピリン・ピータイは、台中県政府から派遣された国民小学校の新任の劉校長を歓迎した。非常に頭目の立場を理解して、頭目の考えを聞いてくれた。子供達には常に気を遣い、直接教えることもあったし、親にも農業について土壌改良や種苗の品種などを教えてくれた。

ところが、情報が入った。埔里の街に出た部下の男が、「劉校長は共産主義者だと言って、保安司令部が問題視し、逮捕されそうだ」と言うのである。実際に、埔里保安司令部李司令官は、シカヤウ社頭目ピリン・ピータイが耕作小屋に劉校長を匿ったとして、劉校長と共に逮捕した。

李司令官が直接頭目に尋問した。すると、ピリン・ピータイは臆することなく、言い返した。

「お前たちは劉校長が共産主義者だと言うが、ワシ等は、共産主義がどういうものか知らない。第一、劉校長をシカヤウ社の国民小学校の校長に派遣したのは、お前たちと繋がっている台中県政府だ。それを、今更共産党だと言って、ワシ達を責めるとは、何事だ。ただ、ワシは劉校長のように、ワシ達タイヤルの子供達や山地の人々のことを親身になって考え、行動する教師を見たことがない。他の教師や校長が何をしているのか知っているのか。酷い校長は商売に手を出して、まるで学校は副業だ。子供のことなどそっちのけだ。それに比すると、劉校長は、まじめな教師であった。だから、ワシはシカヤウのためにもサラマオ部族のためにも、これは得難い校長だから、大切にしなければならんと思っていた。そこへお前達が何かを嗅ぎつけて山道をやって来たと言うわけだ。ワシは劉校長を耕作小屋に匿った。一体、こんなに良い校長が共産主義者だったら、共産主義とはそんなに良いものか。そして、お前たちはそんなに良いものを無くそうとしているのだから、きっとお前達の方が本物の共産主義者ではないのか」

当時、台湾に逃げ込んだ特務という諜報機関には、派閥が七つも八つもあって、派閥間での競争が激しく、落ち度が指摘されると、すぐに対抗の派閥から訴えられ、裁かれ、蒋介石に署名されて地獄落ちになる。

李司令官は、これは我が身の破滅になりかねないと、思ったのだろう。

この件はお蔵入りとなった。無罪放免である。

頭目ピリン・ピータイのユーモアが利いたのである。

## 第四章　マホーニ殺人

シカヤウ社だけでなくサラマオ部族は、頭目ピリン・ピータイのお陰で繁栄している。雪山から梨山まで山腹が広大な果樹園になっている。

ハジメはマレッパも果樹園を造って何とか寒村から立ち直るために、果樹の種を貰いにシカヤウ社を訪れた。小学校の校長になっていたハジメは、用務員のテンカフを連れて行った。

頭目は息子に譲って、ピリン・ピータイは依然として健在だった。ハジメはピリンが親戚なので、種苗を譲ってくれると思ったのである。ピリンの妹がマレッパのヤブ・タウレの妻だから、ハジメの母ピッコはヤブの姉で血縁が繋がる。

途中、雪山（日本名＝次高山――新高山に次いで高いの意味である）を眼前に望む梨山は、桃、梨の花を付けた果樹の畑が、山の中腹まで延々と続いている。葡萄畑の棚も見えた。梨山からさらに雪山に伸びる道を進んだ。

シカヤウ社の頭目の家で一泊して、翌日は披露宴だった。ハジメと連れのテンカフも宴席に招かれた。社の男衆は皆出席した。ところが、新郎の遠縁に当たる者で、遥々と「ピアナン越え」をしてきた男が、疲労もあってか、泡を吹いて倒れた。不吉なことがあると、原住民は呪いをかけられたと考える。後にこっそりピリンが教えてくれたのだが、「呪いをかける人が宴席に加わっていた。翌日も続く発作だったら、呪いをかけたらしい男の命を奪わなければならない」と噂していたと言う。慌てて身支度すると夜の明けない内に、頭目の家を出て、闇の中をマレッパ目指して逃げた。

それから数日して、霧社の仁愛国民小学校から電話がかかって、「新しい北京語の教科書が届いたから取りに来てくれ」と言う話であった。用務員のテンカフが出掛けて、タウカンという背負い籠に教科書を入れて戻ってきた。ハジメが労をねぎらってから、「一服して行け」と言うと、テンカフが言った。

「隣の家のユーカン・リーサイが道で待って居て、『米酒（ビーチュ）が手に入ったから一杯やろう』と言ってくれたので、行きます」

ところが、翌朝まだ夜の明けぬ内に、ハジメは戸をどんどん叩く音で目を覚ました。電灯を点けて戸を開けると、原住民の警官が、「テンカフが殺された」と青ざめて言うのである。さらに、「我々原住民は遺骸に触れることは不吉なのでできません。日本人の下山校長先生にお願いします」と付け加えた。

警官に案内させて、現場のユーカン・リーサイの家に行くと、テンカフは首を山刀らしき刃物で斬られて息絶えていた。警官はユーカン・リーサイをすぐに逮捕した。友人の家に逃げていたのである。

留置されている間に、社の中で署名運動が始まった。そして署名を役所に提出すると、ユーカン・リーサイは不審な話だが、釈放された。彼に会った時、ハジメは言った。

「お前は人殺しなんだ。道を平気で歩ける人間ではない。自重しろ」

すると、ユーカ・リーサイが言い訳をした。

「オレはテンカフがマホーニの生まれで、オレの妻が妊娠する度に呪っているみたいだったから、殺した」

「何が証拠でそんな邪推が出来るのだ」

「あ奴は始終何かぶつぶつと呟いていた。あれは呪っていたのだ」

「そんな馬鹿なことがあるか！」

「オレの社のみなが署名運動して呉れて、釈放された。オレは邪魔者を葬ったのさ」

これにはハジメは驚いた。安子と話している時、

「原住民の教化や教育は百年かかるかもしれない」と言うと、安子が反論した。

「そんなことないわよ。私のお母さんも、若い時タイヤルの娘だった。お父さんと結婚して、父の感化によって昭和三十五年に他界するまで日本内地で妙好人のように光雄が就職した寮で生活して、他の寮の人の洗濯物など一手に引き受け、トイレの掃除までやっていた。山の中なら、機を織るのが仕事で、よく織る婦人はウトハン（セーダッカはアトハンという）へ虹の橋を渡って行ける。

でも大都会の大阪では、お天道様から頂いた身体を、寮の仕事を見つけて働かせるのが生きる道なんだ、と言っていた」

ユーカン・リーサイの場合、「悪人」と言う意識は毛頭ない。原住民が生まれながらに意識の奥に隠れている本願（鈴木大拙の英訳では、“Original Prayer”）を目覚めるように、常日頃から教化するのがよいと、ハジメは思った。ただ、台湾ではキリスト教なら受け入れられる。仏教としては難しい。生活の中で、妄想に拘って、何もないところに魔物を見出すのは教育によって避けられるはずだ。日頃から素直に自然な姿の人間や環境を見る、そういう心構えを身に付けることが第一歩であろう。日本なら念佛を唱えれば第一歩だし、座禅をすれば、第一歩であろう。ところが、未開社会では、どうしたらよいのか。幸いに安子がハジメの教会に加わってくれた。

# 第五章　ハジメの教会

安子が羅義信と結婚して、埔里街に住んで、ハジメの教会が眉渓にあったので毎日曜には新婚夫婦が教会の集会に参加した。

安子は讃美歌の合唱の時は、指揮をした。或る日、安子が気の付いたことをハジメに語った。

村井亖《じゅん》師が創始したキリスト教（本部は荻窪にある）の分教会がハジメの教会であった。安子が言うには、村井師は鹿児島県の生まれで、安子が最初に縁づいた家の近くで、真宗が根付いた地域である。始良市加治木と言う地には、「隠れ念佛」といわれる真宗の信者が居る。さらに、神道を装った「かやかべ」といわれる隠れ念佛の信者も居た。薩摩藩主の島津家の内紛があって、真宗信者が藩主になるのを防ぐために真宗を禁教にした。そのため「隠れ念佛」

と言われる形で真宗信者は存続せざるを得なかった。村井師は、この信仰をキリスト教で表現したのではないか。

念佛の代わりに「ハレルヤ」を繰り返し唱える。神の声が聞こえる人が居れば、その人は評価される。

それに、讃美歌も御詠歌のようである。真宗と禅宗は、一致した点があって、「阿頼耶識」ということで繋がる。古代インドの思想「唯識」では、無意識の領域を二つに分け、妄想が出てくる層「末那識」とさらに深い層の「阿頼耶識」になると、すべての記憶を保存している霊魂（「御霊《みたま》」と村井師は名付けた）に達する。この領域が真宗の「本願」であり、「禅宗」の悟りであろう。村井師はこういう日本伝来の思想をキリスト教化したのではないか。

霊讃歌は御詠歌であり、和讃のように詠唱するのである。その霊讃歌の歌詞の大意は次のようである。

「水と霊との福音に遇い、不思議にも上より生れい出し私共は、国籍は天にありて、宇宙の創造者なる唯一の神イエスを父と呼び奉る霊《みたま》を内存し、天来の神の義を宝衣として身に纏ひ、活ける神の慈悲を全幅に受けている。真に是れハレルヤであり、摂取不捨の身とはなっている。熟慮玩味致すなれば、この上なき不思議を身に覚える。聖書に『我等この宝を土の器に有てり』とあるが、これを広げれば、微塵に無量無限に発想展開し我等の嬉しさと喜びを平和が尽きるところはあるまい。眼が障《さ》えられ、襖一枚向ふを見通し得ぬ、煩悩母胎の私共ではあるが、神の慈愛が両手を延べて倦むことなく、終日《ひねもす》私共を招いている。帰れ我が子よ、帰れ我が子よ！　と、慈悲の懐にあっても、帰れ我が子よと、これ如何なる事にてあらんか、大悲なり。水と霊との大行が醸す、霊と誠とを以て唯々主イエスを拝せばや。霊言による神との交際《まじわり》と礼拝の奥義の更生、新生の内容を断じて奇異とする勿れ。

斯く御主イエスも語られしならずや。松の木は荊棘《いばら》に代わりて生える故アーメン、ハレルヤ」

この歌詞には、真宗信者が聞き慣れた言葉「摂取不捨」「大悲」「大行」がある。

## 第六章　思い出の下松夫妻

引き揚げの時、下松仙次郎はリットク・ノーミンを律子として日本籍に入れた。日本人として鹿児島に帰したのである。律子は鹿児島でも、財政的に援助する人物がいた。それにはわけがある。

戦争が始まっても、高砂丸は台湾に無事に行ける時期があった。下松正雄は弟の道雄を誘って、台湾へ行こうと言ったら、道雄は、

「山の女なんかと一緒になるなんて、叔父さんではあっても、行くのは嫌だ」

と言った。

「だがな、お前は関西大学を途中で退学、それも経済的に続かなかったからだ。叔父さんだったら援助してくれるかもしれないぞ」

「フーン、そうか」

こうして、道雄も同意して二人は高砂丸に乗って基隆に着くと、仙次郎が一人出迎えて呉れた。

会うとすぐに、仙次郎が言った。

「台湾に来たのはいいが、ワシも定年になって理蕃課で働かせてもらう立場だからな」

これで道雄の学資の当ては外れた。久しぶりの台湾で果物が懐かしかった。霧社の入り口に当たる埔里に三軒長屋があって、佐塚家、下松家、下山家が並んでいた。ただ眉渓に律子の実家があったので、そこには彼女の父が頭目だった時にシカヤウ社から移住した人達が住んでいた。埔里は暑いので、眉渓の「蕃社」に兄弟は滞在した。最初に、「蕃社」の人達を集めて歓迎された。

律子が挨拶に出てきた。

「みんなよく聞いて頂戴。私の子供が日本から来てくれた」と先ず言うと、事情を知っている年寄りが、野次を飛ばす。

「へーっ、いくつの時の子だ」

「道雄は私が十六歳の時よ」

　年寄りは指折り数えて、

「おかしいな。十六歳と言えば、まだ女学生じゃないか」

「あんたは、ボケたのじゃない」

　そういって、うまくいなすのである。

「みんな、道雄は私の子、正雄は大きくなって、私のために来てくれた。お土産を沢山持ってきてくれた」

　正雄と道雄は驚いた。土産などは持ってきていないのだが。道雄は参ったし、恥じた。一本やられた。近くの街では内地の土産が買える。台北に行けば内地の土産と寸分変わらない土産物が買えるのだ。何時の間にか用意してくれたのである。

　この時のことが、道雄の偏見を取っ払ってくれた。敬意さえ律子に対して懐いたのである。鹿児島に引き揚げて、家は学校の同級生の地主が提供した土地に竹で建てた。筆者が正雄に案内された時には、竹やぶに返っていた。年金暮らしだったが、道雄が鹿児島市内の外村呉服店に養子で入っていたので、律子は時折生活費を補助してもらうために訪ねた。すると、道雄は余分に融通した。そして言った。

「今度は呉服を造っておきますから」

と言うのだった。

律子は洒落気があって、それが戦後の食糧難の時代に一家を助けた。

霧社事件勃発の日に、下松夫妻は霧社に居た。ところが、総督府の資料には、下松巡査部長のことは全然出てこない。何があったのか。親族の人は、霧社事件とは何ですかと聞くと、仙次郎は、ワーッと泣き出したと、言うのである。彼の考えは、当時の総督府の主な考え方とは異なる先進的な考えをしていた。これはすでに述べた。

事件当日朝早くに、律子が反乱の予兆に気付いた。旅館の女性二人に伝えて仙次郎を伴い、洞窟に逃げた。律子は反乱の経験があったのである。サラマオの生まれだから、サラマオ事件も経験していた。もはや本部に伝える時間はなかった。惨劇の間、洞窟で仙次郎はお経を唱えていた。女中二人は奥で身を震わせていた。律子は「蕃布」を着て、時折様子を窺っていた。午後になって、モーナ・ルダオが佐塚の首実検が済んでから、律子は地上に出た。モーナ・ルダオに会う為である。モーナは下松巡査部長を敵視していないことを律子は知っていたのである。「会うか」と聞くと、「もちろんだ」と言う返事を取っていた。

そこで洞窟に案内して、対談が始まった。仙次郎は上半身裸で、なにも凶器を身に着けていない。モーナはそれを知って山刀を部下に手渡した。仙次郎がまず口を利いた。

「お前たちは、このまま撃ち合うなら、子供も婦人も全部死ぬぞ。婦人子供は日本官憲に投降させよ。日本は文明国だから、投降者を保護するはずだ」

モーナは答えた。

「今のところは女、子供も日本官憲と戦わせる。あらゆる抵抗をする。子供だと言ってバカにすると、手榴弾を投げるぞ」

「お前が日本軍警に勝つとでも思っているのか」

「いや分からん。しかし、セーダッカが持ちこたえたら、タイヤルが起ち上がる」

ここで律子が口をはさんだ。

「ちょっと待って。モーナ・ルダオよ。サラマオ事件で、アンタが率いたマヘボ衆はサラマオの婦人一人と幼児一人合計二人の首を獲った。あの婦人は幼児の母親で一旦逃げたが、子供を忘れたのに気付いて、戻ったところをアンタ達が首を獲った。サラマオの女はみんな忘れていない。そんなモーナ・ルダオがタイヤルを率いることなど出来っこない」

モーナは、暗殺未遂で頭の上に出来たかすり傷の痕をさすった。洞窟に入ってくる風が触れて冷え冷えするのだ。「大頭目ともあろうものが、サラマオの話が出ると、頭の傷跡が気になる」。すると、下松仙次郎がたしなめた。

「リットク・ノーミンよ、そこまで言うな」

黙ったままで、モーナは考えた。やおら経ってから、返事した。

「下松巡査部長が責任を持って受け入れてくれるなら、女・子供を投降させる」

「もちろんだ。文明国同士の戦いでは投降者つまり捕虜を保護する約定があって、それが国内の反乱に適用されるかだが、国際連盟が動く可能性がある。ただし内政干渉にもなるので、其処は問題だが、文明国として恥ずかしくない対処をせねばならない」

しかし、実際は毒ガスで対処していた。催涙ガスは使っている。さらにどういう毒ガスか時間が経っているので、専門家も分からないそうであるが、不思議なのは、モーナ・ルダオ側の死骸を解剖していたのである。これは写真を見たことがあるから間違いない。表面に表れない内臓に影響するガスのはずである。ここまでは言えると思う。それから重いガスでなければ谷底にまで届かない。洞窟に向かって発射されたはずだからである。そうなると、硫化性ガスであろうか。

# 第七章　第二次霧社事件

霧社事件から半年後、昭和六年四月二十五日午前四時半、タウツアの頭目が率いるタウツア、トロック連合部隊が、セーダッカ反日社の保護された者たちが収容されたスーク社とロードフ社の収容所に攻撃を開始した。保護された者達には、婦人、子供を含んでいたし、若者といえども武装解除されて丸腰だった。

四日前の四月二十一日、タウツア・トーガン社の婦人三名がトロックの者によって、マヘボかボアルンの反日社の者と間違えられて誤殺された。二十四日、三輪台中州警務部長と山下能高郡守は、トロック駐在所に出掛けて、この誤殺の件の処罰として貸与銃二十二挺と弾丸百七十七発を引き揚げた。これを聞いたタウツアの男衆は、首の負債があるから、この借りを返さぬ内に、銃を取り上げられては一大事とばかりに、二十五日午前一時頃、夜の闇に乗じて行動開始、九十余りの銃に、山刀、竹槍を携え、夜明け前の四時頃タウツアの男衆約二百三十余名が二隊に分かれて、約百八十名はスーク・シーパウ社跡の男衆収容所を、五十余名はロードフ社跡の婦女子収容所を襲った。

花岡初子は、このロードフ社跡の収容所に保護されていて、この時の襲撃を話してくれた。

初子の記憶では、午前四時頃から襲撃が始まった。理蕃課の発表では「五時頃」となっているが、「四時頃」の方が「夜の明ける前」と考える方が妥当だから、「四時頃」が正確だろう。

かねてから、こういう襲撃を予想していたから、初子はすぐに起きて崖下の方に逃げた。襲撃部隊は山の上から坂を駆け下りてきた。

崖は急峻で、山で育った人でも、妊娠六ヶ月の身重の初子にとっては、難儀なことだった。怖さが先に立って、妊娠の子のことは忘れて、崖の木の根を摑みながら、下へと逃げた。

その時、初子は「初子、初子」と言う声を聞いている。その声は、佐塚警部が亡くなった後に、再び分室主任に返り咲いた猪瀬警部であった。警察の最高責任者が襲撃を見ていたのである。

一緒に逃げる連れ合いになった婦人が、

「こんなにしてまで生きなければならないのか。私はこの帯で首を縊るから、あなたもそうしなさい」

そう言ってから、その婦人は、「子供がいない。子供を置いて来た。連れ戻しに行くから、少し待って居て」と言うと、今下りて来たばかりの崖を登っていった。待って居たが、戻ってこないので、ひとりで霧社へと歩いて行った。霧社には逃げてきた収容所の者達が何人か居た。

タウツア頭目は、モーナ・ルダオにピブアンの決闘で首を獲られた頭目タイモ・ワリスの長男アウイ・タイモが継いでいて、獲られた首の数だけは取り返さなければ、面子が立たないのである。こういう考えはフィリピンの首狩り族にもあった。

この弔い合戦には、頭目アウイ・タイモは部下三十六名を率いて、マヘボの保護された者達の居る家屋の南側で待機していた。

四月二十五日午前一時頃、夜の闇に乗じて行動開始する。ロードフ社方面で銃声がするや、部下のピホ・ペーリンが、見張り中であったマヘボ社勢力者アウイ・シュッドをまず倒し、これと同時に、頭目アウイ・タイモが大声で叫んだ。

「マヘボの奴ら皆出てこい。ハボン渓の仕返しだ。みな喰ってやる」

すると、屋内からマヘボの衆が答えた。

「オレ達の牛や豚を皆食ったはずなのに、お前等はまだ足りないのか」

タウツアは一斉に猛烈な射撃を加えたが、切り込みはしなかったので損害は軽微であった。そこへ東方三町程の距離にあるサクラ駐在所の樺沢警部補指揮下の警察隊より機関銃、小銃の猛射が浴びせられ、アウイ・ワタンは頭部貫通銃創で即死、頭目アウイ・タイモは、大腿部貫通銃創、チッタン・ノマオ、ピド・タッキスの二名が脚部貫通銃創で重傷、他に軽傷者一名を出した。

タウツアの者達は、警察の命令により、銃、弾薬は素直に提出したが、首は首祭りまで大目に見てくれと懇願した。しかし、結局提出した首は百一であった。

これらの首は、霧社分室の裏にあった霧ヶ峰神社の石段に並べられて写真を撮られた。

霧社分室主任の猪瀬警部が、事件現場に居て、「初子、初子」と呼び掛けたのは、彼女を救う為なのか、それとも、おびき寄せるためなのか、いずれであったか、分からない。しかし、彼女は「信用していないので、行かなかった」と言っていた。

警察が事前に襲撃を察知していたかは問題である。

この襲撃を誘発した可能性があるからだ。トロック部族とタウツア部族は、血脈で繋がっている。トロックの者がタウツアの婦人を誤殺した件で貸与された銃器を駐在所に返還させせられた。このニュースが山越えをしてタウツアに即日伝えられた。証人は小島巡査である。「私もこの世に居るのは後僅かだから、言っておくが、銃器提出の情報をタウツアに伝えるように指示したのは霊巖寺と言う名の上司である」と遺言をしているが、この様な名前の巡査部長も警部補も警部も史料には見当たらない。理蕃課か総督府官吏だろうか。

タウツア部族の襲撃を誘発する必要があったのか。実は、保護された反日社の者達を永久に移住させる土地は北港渓の中にある中州であって、面積は限られている。保護された者の数が多いので入りきれないと読んでいた。そこでタウツアのマヘボなどへの怨恨に着目したのではないか。『台湾乃蕃族研究』が総督府警務局に勤めた著者が書いて出版された。以下関係箇所を引用する（前警務局長が序文を書いている）。

「（第二次事件以後）彼等は人数が減ったから移住のことも容易になり、又各戸宛の耕地面積が十分に広くわたるようになったので移住の日取りをなるべく早めることとなし、病者やその看護人や霧社に残っている者十六名、タウツア社に親族関係で止まっている若干のものの外約三百名の保護蕃は昭和六年五月六日捜索隊に護衛されて眉原（バイバラ）に移住した」

日本統治期には、「川中島」と言われたが、現在は「清流」と呼ばれている。

言うまでもなく、この箇所を読んだら、総督府内の堕落がよくわかるであろう。

# 第八章　安子の手紙とハジメの墓

「ウトハンが、浄土やパラダイスと同じだということは大した問題ではないと思います。いろんな表現でいわれる他界は、現実の生活の中で実感されないものでしょうか。私の母（律子―筆者注）は、タイヤルの楽器ロボ（口琴）を、鹿児島に居た時に竹藪から竹を伐ってきて自分で造って、大阪の息子光雄が勤めていた会社の寮に寄寓している時、そのロボを演奏していました。ロボを奏でる時、母は自分が宇宙の中心に居るように感じたと言いました。私は、これにヒントを得て考えたのですが、ウトハンとか浄土とかいわれる境地は、このようなロボを奏でている時の母の境地のようなものではないでしょうか。おそらく、浦島太郎が訪れた乙姫様の竜宮城のように、歳をとらないで、いつまでも永遠の至福の瞬間が持続する世界、境地でありましょう。母が妙好人であったとしたら、この地上で、このような境地を会得し、体現していたからなのでしょう。如来とか『神と共にある』とかいうのも、この境地と関連しているのでしょう。

私の亡くなった前夫は、アイルランド詩人イェイツの詩を愛読していました。イェイツの若い時の詩に、故郷の湖に浮かぶ小島を謡ったものがあります。私達、台湾の山に生まれ育った者にとって、故郷の山河は、東京の雑踏の中にいても、折に触れて想い出され、心身をリフレッシュしてくれます。病院の窓からは、灰色のビルしか見えません。ですが、私は霧社から見た山々を想い出せるのです。合歓山のような男女の睦み合う姿の二つの峰、寄来山のように愛嬌のある禿頭のような峰、雄大な能高の峰々、それらの向こうには、玉山（新高山）の抜きん出た玉のような峰、なだらかだが、気品ある秀姑巒山が控えている。北には白狗大山、その向こうの、雪山（次高山）は雪をいつも戴いている。私はこの雪山の中腹にあるシカヤウ社で生まれ、あなた達が、お墓を建てるといわれた北港渓谷の眉原社へ移住しました。これらの山と渓谷は、オットフの聖なる自然です。日本人も漢民族も、タイヤルやその他の少数民族を無視して支配することは出来ません。彼等の呪術、迷信は正さなければなりませんが、原始宗教のもつ本源性、本来性は、仏教徒もキリスト教徒も謙虚に学び、汲み取るべきでしょう。

大自然の掟を守って、謙虚に生きることが、仏教徒にも、キリスト教徒にも必要なことなのです。

タイヤルは、臨終に当たって、死ぬ人の手を近親者が、死の瞬間まで握っています。死に行く人の心細さへの思いやりではないでしょうか。現代人はこの思いやりを忘れています。

イェイツは故郷の湖をアイデンティティを証明するものとして、都会の雑踏と対比させます。晩年に彼自身が、墓碑銘として謡った詩に、こんなのがありますが、これも、都会の雑踏を生と死に惑う煩悩にまで拡大して謡われたものと言えましょう。

生をも、死をも、
冷ややかに見よ。
騎手よ、駆け行け！

ここには、私の母が、自らの民族の素朴な楽器を奏でる時の、都会の雑踏から離れた自由が見られます。この自由を絶対の境地として、生も死も超越しようとしているのだと思います。それに、この騎手には、禅の句草子の『天地一指、万物一馬』にあるような宇宙を一馬に譬える思想があります。馬を乗りこなす騎手すなわち人間は、ロボを奏でる母のように、宇宙と一体になっています。宇宙の中心に居ると感じています。

しかし、それは逃避ではない。たとえ逃避だとしても、浮世のしがらみ、煩悩にまみれながら、俗世を逆照射し、基点を転換し、光源を内部の新しい基点に換える一時の逃避であって、根本的には刷新だと思います。この自己刷新、自己変革こそが、現代の宗教の役割ではないでしょうか。

各人に秘蔵されているオットフがウトハンからの使者の役割を果たすということは、オットフは内部の新しい基点になり得るということです。そこから、あたらしい光源が光り出す。

現世でこの光源を認識することこそが往生の意味なのでしょう。生きている時に、自覚すること、往生の自覚を持つかどうかが、大切なのです。私も自覚を持てるようにしたい。どうか私のことはご放念下さい。

敬愛する下山ハジメご夫妻様」


この手紙を受け取ってから間もなくして下松安子他界の報せが、夫の羅義信からあった。

下山ハジメは、台湾の国籍を取得し、林光明と改名し、満八十歳まで山地伝道をして、一九九四年六月十四日に他界した。

彼の墓は、「下山家族安息園」と彫られて、その傍らに卒塔婆をかたどった大人ほどの高さの塔が立っている。その頂上に、石で出来た桃の実のような形のものが載っている。

この石は、霧社事件で殺害された日本人達の霊を慰めるために、惨劇の行われた学校の入り口の斜め向かいの濁水渓谷を見下ろす所に立てられていた卒塔婆の頭部である。国民政府に移管されてから、これは壊されて頭部だけが溝に捨てられていた。

当時、台北駐在の日本の大使が、これを見て、下山ハジメに頼んで言った。

「これは、あなたしか保管する人は居ない。頼みます」と。

その後、日本は、台北よりも、北京の政府を正統として、台北の大使館は引き揚げた。この卒塔婆の頭部を、「桃太郎」と呼んで、下山家の人達は大切に保存してきた。ハジメの墓を建てるに際して、ハジメの父母の遺骨も一緒に埋葬しようと考えたそうである。そして、「桃太郎」も傍らに、新しいタイル張りで、卒塔婆として祀ることにしたという。

この卒塔婆は、「日本人の血が流されたのは、なぜか」を日本人に問う証としても、下山家の人々の血の証明としても、いつまでも無言で問い、語り続けることであろう。

# 愛宕山千日詣りの邂逅

今年、アサギマダラが庭にやって来たのは、四月十九日であった。二階の窓から寝そべったままで窓の外を眺めていたら、浅黄色のチョウが上から降りてきて私の視線が合うと、急上昇して、太田神社の方へ飛んで行った。昨日も夕方にポストにハガキを入れて帰る途中で、太田神社のカキツバタの池の畔に咲いていたツツジの花に留まったりして飛んでいた。カキツバタがもうすぐ咲くことを見越して飛んできたのかもしれない。モンシロチョウは交尾に夢中で人間の視線を気にしない。アゲハはこれ見てくれと言わんばかりに舞う。

数年前のことだが、春先にまだ山の上には雪が残っている頃、朝の裏山登りのため門を出ると、太田神社の鳥居の前に、ポリスの制服を着た人が、車を止めてかなりの数が屯《たむろ》していた。構わずにいつもの道順を辿って山に登った。下りて来て、かなり麓に近づくと、林の中で警察官が何かを取り囲んでいた。私はその横の道を覗くこともせずに通り過ぎた。はたと思いついたのは、自殺者が出たということである。

それから数日、新聞を注意して見たが、地方紙にも全国紙にも載っていなかった。どこの誰か分からないが、どうも身内の自殺を世間に知られるのを伏せたい親族がいたのだろう。朝早くだったこともあって、太田神社周辺の住民達の噂にもならなかったが、この身元不明――私が知らないという意味で――の自殺者のことが気になり出したのは、三年前に或る同年輩の大学の友人が亡くなってからであった。

アサギマダラと縁があるのは、京都の街の西北にそびえる愛宕山の麓にある集落には、天皇の御陵があって、そこにはフジバカマの花園が造られていて、この花が好物のアサギマダラが春から秋まで飛び交うのである。秋も深まる前にアサギマダラは群れを成して、気流に乗り、南方の沖縄や台湾までも飛んで行き、冬を過ごし、雪が消えた頃、日本に飛んでくる。

愛宕神社では、七月晦日に「千日詣り」という催しがあって、私がこの催しに参加して、連れになった紀平さんという年配の方と同行した。紀平さんは奥様が火事に遭いたくないというので奥様の代参ということだった。私は朝から「そうだ、今日は千日詣りだ」と思いついて出掛けた。嵐山の駅前から愛宕の麓までバスが出ていて、登りの階段を上る前に杖として角材を買った。延々と続く階段を下りてくる人は、「お登りやす」と言うので、登る側は「お下りやす」と挨拶を交わす。黙々と登る。なぜかカステラをリュックに入れていたので、それを頬ばる。水筒は持参していた。ところが、昼頃になると腹がへってきたが、昼食は売ってなかった。愛宕神社に参拝して、紀平さんの写真を撮って住所を聞き「送りますから」と言って、いま来た道を辿って暫くしたら脇道があるのに気が付いた。何だか脇道の方が楽な道に思えて、「ここで失礼します」と断って紀平さんと別れた。脇道は大きくうねっていて、角材を使って身体を支えなければならなかった。大きな岩石があって、上が平らで寝そべることが出来るのでそこで休んだ。うとうとと眠り込んだようで、腕を誰かに掴まれて目を覚ますと、看護師のような若い婦人が、「麓の保護センターの者で

す」と名乗って、

「お宅さんの手が冷たいです。何か具合が悪い場合は、保護センターへ立ち寄って下さい」と言ってくれた。麓の集落には、「老人ホーム」のような保護センターがあるくらいだから、何とかなると思った。ところが意外な出来事が起こった。林の中から急に太陽の光を浴びる場面に出てすぐに気付いたが、独りの男が何もせずに立っていた。暫く行くと、私の知っている婦人が年を取ったとはいえ、厚化粧で若作りだから昔と変わらない姿でやって来る。「あれ俺に気付かないのか」と思って、「彼女は近視なのだ」と思いだした。この邂逅は全くの偶然であった。

私だってこんな偶然はそんなに経験したことはない。精神分析家であったC. G. Jungが、クライアントの婦人の夢の話を聞いている時、窓の外で何かの気配がしたので、窓を開けると、彼女の夢の中に出てきた鳥に似た鳥が、窓の外に飛んできていた。この瞬間にC. G. Jungは、時間を超越する世界が無意識の世界にはあるのだということを、実感した。S. Freudと決別したのは、これだけではないが、Freudが共時性を認めるJungとは、異なる見解を持っていたのは、このような無意識の世界の時間の超越を認めるかという点にもポイントがあった。

私が愛宕山の麓に向かって脇道を選んだのは、何ものかに惹かれてだった。私の意識の世界では分からない無意識の世界の選択であった。

その麓の林間の空き地に立っていた男も、実は大学三回生の四月頃、丁度セーターを脱ごうかと言う季節、アサギマダラが日本に帰ってくる頃であった。当時、文学部自治会では、各学科から選出した委員の中で英文科が学生の数が最大であったので、英文学科の委員の私が文学部自治会の議長になって、委員長は日本史学科の代表委員田丸がなった。

文学部長は中国文学で『新唐詩選』が爆発的に売れていたY教授であった。Y教授は、毎朝自著の売れ行きの部数が東京から電話で知らされるのが待ち遠しくて廊下を行ったり来たりしていたという噂だった。T学長が大学に機動隊を導入したこともあり、学長室へなだれ込んだ学生が学長の身体に触れたのか、学長暴行罪で刑事事件になるところであった。学長は刑法の権威であって、司法界でも幅を利かせている人であった。文学部自治会では、学生大会を開くべく、文学部講義室の会場を借りることで文学部長へ申請した。当時の自治会の責任者は議長の私であった。すると、Y学部長が事務員を使って自治会の私を呼び出した。学部長室へ行くと、「君が責任者だな。予め言っておくが、ストライキを決定したら、責任者として君が責任を負うことになる」

私は「責任を負うということは……」とそこまで言うと、「それは君が退学になると言うことだ」

翌日学生大会は、パルタイの細胞が、「犠牲者は出さない」ということを決めていたので、無事に記者会見で「暴行などは信じない」という声明を出した。この事件で毎日が自治会委員会で忙しかったので、友人とは講義の時ぐらいしか会わなかった。

私が所属していたK大学は、当時入学すると、一回生だけは宇治分校で下宿も宇治であった。北門を出てすぐの農家に下宿していた。梅雨時には、宇治川が氾濫して、北門までも行けないほどで、さらにそれが済んで最初の前期試験の前の夜に農家の息子が新婚旅行から帰ってきて、夜伽が始まった。翌日のフランス語の試験は全くお話にならない成績だった。フランス文学志望をやめて英文学志望に変えたのは、この夜伽が原因だった。

宇治分校から吉田本校へ移動する前に、宇治最後のコンパを文学研究会が開いたのは、二月二十八日の夕方だった。文学研究会はいろんな学生が入っていたが、後に精神医学の泰斗となった井伊も居たし、北海道大学を途中でやめて入りなおした吉川が面白い話をしてくれて、吉川の下宿が木幡と六地蔵の間にあって、そこがたまり場だった。歳末には荒巻鮭が吊されていた。

私は、宇治分校もパルタイの細胞が増えていて、雰囲気が政治的な勢いが強くなってきたと思っていた。それもあって、酒の勢いもあった。同じ英文学志望の女子学生に手紙を返してから、宇治川の支流が溝になってる所に飛び込んだ。その時「偽善者」と叫んだのを覚えている。

同宿の都筑が「バカ！　凍え死ぬぞ」と言って溝の中へ入ってきて、引き揚げた。この事件からパルタイの細胞から脱退者が増えていき、「やはり勉強してから、世間に影響力のある立場を得て、発言することにしたよ」とパルタイ脱退を知らせに来た学生もいた。

その事件ののち、吉田本校に移ってからも、手紙を返した女子学生とは会う機会があまりなかった。彼女は奈良から通っていたからである。しかし、三回生になるといつの間にか彼女は吉田山の麓の女子寮に入っていた。私の方は、自治会で忙しくて、大衆風呂に入ってから、神楽坂の一番底に当たる所にあった一杯飲み屋で焼酎の水割りを飲んでいた時、あの男が毛糸のセーターを着た男——浅黄色のセーターだった——が隣に座った。

「何か用事ですか」と聞くと、「お願いがあるのですが」と言い訳をしてから、「実は英文科の女子学生と付き合いたいのですが、よろしいか」と言うのである。「付き合うのは本人次第だろう」と言って、「誰のことだろう」と思った。

それから数日後であった。宵の神楽坂を帰る途中で、男女が脇を通り過ぎようとして、「クックッ」と女が笑った。手紙を返したあの女子学生であった。

愛宕山の麓で偶然に出会ったのは、浅黄色のセーターの男と手紙を返した女子学生の年老いた姿であった。もちろん、彼女は人妻であるが、夫は貿易商で中近東を飛び回るので、不在のことが多かった。男にも妻がいたが、その妻が有名な美術史家であり、著作を読んだことがあったが、気のせいか行間に不満が感じ取られた。新聞で読んだところでは、「ローマで心不全のため客死」とあった。

愛宕の麓では、「バスの停留所はどこですか」と道端の家に入って聞いた。出てきた老婦人はやはり宇治分校で出会ったことのある昔女子学生であった人であった。相手の老婦人は、フランス文学出身でパルタイでくじ引きで夫を選んだ人で、その夫だったが癌で亡くなった男が関東地方の高校教師をしながら、高校演劇指導をしていた時、関東地方の難民センターの所長をしていた私の兄に劇のシナリオのネタ探しで、センターにやって来ていた。その時、私が宇治川で入水自殺を図ったと言ったそうである。そして笑ったと言う。

理科系の学生でパルタイ細胞として学生演劇集団に入っていた。私も同じ劇団に入っていた。いわゆる左翼劇団であった。彼等パルタイに入党した学生の本当の日常に見られる考えは、どういうものかという関心があって左翼劇団に所属して裏方をしていた。旧制水戸高校を出てK大学経済学部に入り、映画監督になっていた男が、「ブルジョア的な思想の持ち主は容赦なく粛清する。これが革命なのだ」と嘯《うそぶ》くのを聞いて、愕然とした。

手紙を返した女子学生の父親は、植民地の帝大の助教授であった。戦争中に帝大の教授や助教授がコネを頼って、ひそかに軍艦や貨物船に乗せてもらって内地（日本本土）へ帰っていた。うまく帰れた家族もいたが、貨物船がアメリカの潜水艦に撃沈されて、書物も家族も失った助教授もいた。女子学生の家族は無事に内地へ帰っていた。父親の助教授の奥さんの兄さんが潜水艦の艦長だったと言う話だった。戦後間もなくのK大学には、引揚者ではなく、戦時帰還者がいた。植民地の帝大で、この父親と同じ専攻の助教授が、名古屋の私大の教授用宿舎に住んでいて、その教授の隣に、引揚者である私の親戚の家族が住んでいたので、ある日その教授の家を訪ねた。女子学生の父親は英文学者であり、親戚の隣の教授も英文学者であったが、植民地時代に、原住民の民謡や歌や舞踊の研究をして学位を取っていた。この教授が、「あの教授は君には悪いが、生活能力も覚束ない引揚者の若者などに娘を嫁にやるほどの人ではない。シャイロックのような人だ」。私は「肉一ポンドと引き換えだ」というセリフが頭に浮かんだ。それに女子学生の出身高校は名古屋の名門高校だが、男女共学になっていて、私の兄もその高校の出身で同学年であった。兄が高校時代の彼女を知ってる男に尋ねると、「尻の軽い女の子だった」というのである。こういうことを知っても付き合い続ける人が居れば、愚者か恋病も膏肓に入ったということだろう。

教授は、毀誉褒貶の甚だしい人であったから、褒める人の中に、従兄に紹介されて邸宅に伺った東京の日本を代表する大学教授がいた。その教授が、「君の指導教授はどなただ」と言われて、少し間をおいてから答えた。「曲瀬《くせ》教授です」と。英文学専攻生は二人の教授を選ぶことが出来た。主任教授は著書は専門書二、三冊しかなく、（旧制の）博士になってからは、弟子をどこの大学のポストに栄転させるかと言う人事に興味があっても、講義内容は古い数年前から続いて使用してきたノートを読むだけの新味のない内容であった。もう一人の曲瀬教授は、名著が幾つかあって、コールリッジから始まる論文はあらかた読んでいたので、指導教授に相応しいと考えていた。まだ三回生だから卒論指導ゼミには入っていなかった。

従兄に紹介された教授は、「曲瀬先生か。一高時代に読んだことがある。訳本だったが、あれは非常に良い訳で一高の学生では評判だった」

私はその後読んだが、平安朝の文学が流れるような文体であるが、それに英語の文体の引き締める要素を加えた現代日本文で書かれた独特な文体で、中村真一郎が評価していた。

一方、悪口を言われた例で私が覚えているのは、曲瀬先生の引き立てで国立大学の助教授までなっていた男が、曲瀬先生監修ということで下訳をさせられた。私も経験があるが、英文を訳すのは簡単ではない。特に文学書で読者が書店で手に取って二、三行読んでみて、買おうと言う気を起こさせるほどの日本文にするのは、簡単ではない。ところが、この男、出版された訳書に訳者として名は載っているが、曲瀬先生が全部名文の日本語にしてしまっていた。彼は怒ったのだろう。黙っていれば良かったのに、他の出版社から自費出版で自分の訳文は一行も監修者に採用されなかったと抗議して、自費出版の訳を書き添えて出版した。それで明るみに出たのである。こういう思い切ったところが曲瀬先生にはあったので、悪口を言う手合いもいるのである。

　私の従兄は、予科練で終戦を迎え、家族が台湾から引き揚げるまで、東京の北区の西ヶ原に邸宅を構えていた日本を代表する大学の教授の邸の居候になった。教授の父親は、日本画家としてローマの日本大使館に「黒豹」の絵画を送るのを従兄は目撃していた。福島県立美術館に作品が所蔵されているそうである。ところが、日本画家の邸宅は占領軍が接収の対象として焼夷弾も爆弾も落とさずに無傷のまま残されていた。終戦時には、教授は師匠がK大学教授から一高校長を経て文部大臣になったのであるが、すでに戦後の文教政策に関わっていたので弟子の教授も一高教授から文部省に勤務する時期があった。その時に「天皇の人間宣言」があって、教授が草稿を練っていたのを従兄は目撃している。

教授は、予科練帰りの青年が、「天皇の人間宣言」をどのように受け止めるかを試していたのであろう。一字一句従兄の反応を確かめながら草稿を練っていたのである。「天皇陛下万歳」と叫んで敵の軍艦に突入した特攻隊士もいたはずである。その前提に立つと、一字一句おろそかに出来ない草稿なのであった。

従兄が居候をしていた時に庭園の果実がたわわに実って、たまらずに果実を全部食べてしまった。これが執事に見つかって追い出されてしまい、取りあえず募集中の皇宮警察の試験を受けて合格し、皇居の中の皇宮警察の宿舎に入ることが出来た。この従兄は東宮付きになり、現在の上皇が皇太子の時に、南米まで随行してテレビに出てきた。定年時には、警視正であった。教授はＫ大学文学部の出身であって、一高の先輩の三木清を慕って、一高からK大文学部哲学科へ進み、西洋哲学史専攻では、「風土論」で有名な教授につき、大学院では文部大臣になった天野貞祐についた。最初に教授として赴任したのは、旧制松本高校であって、社会問題研究会の顧問をしていた。すると、特高警察が目を付けて、捜索されて、学生のチーフが退学になった。そのチーフだった人は国立は入れてくれないので、京都の私大の法学部の刑法学の教授についた。

この教授は昭和八年のK大学教授の時に、いわゆる「T教授事件」で法学部教授が一斉に退職した時のT教授であった。

私が自治会の議長をしていたこともあって、西ヶ原の邸宅を初めて訪れた時、T教授の大袈裟な「学生暴行」訴訟の虚偽の可能性を話すと、「いや実は、松本高校の研究会のチーフが、京都の私大の子弟の縁でT教授の元で助教授をやっているので、そちらからT教授の話は大袈裟、虚偽のことは聞いている」と言われた。悪いことは出来ないものだ、もう東京の教授の耳に入っていたのである。結局二人の学生が訴えられ、法学部の学生は無罪、文学部の学生は有罪で罰金だった。文学部の学生が有罪になったのは、カトリック信者であったので、神父の薦めで「謝った」からである。事実は「無かった」のであるが、こういうことで有罪になった。

松本高校を退学になり、私大を出て、K大学法学部助教授をしていた方は特別弁護人をしていたが、日本アルプスで足を踏み外して死亡したと新聞に出ていた。何だか疑いたくなるような死亡事故であった。

従兄が京都の御所の署長に赴任してきた時、太田神社に立ち寄ったことがあった。太田神社の燈籠の中に大正天皇の実の母親、二位の局がお供えした燈籠が見受けられる、病弱な大正天皇のためにお供えしたのであろう。皇室とは縁がある神社である。そのことがあってだろうか、代参ということか、署長が現れたが、私宅に寄らないかと言うと、「あんたの出た大学は過激派が出ているからやめとくよ」と言われた。なるほど傍から見られることを気にしている地位なのだと思った。別に過激派でなくても、左翼学生は京都にはざらにいた。

私の学生時代には、中核派やカクマル派などまだ居なかった。パルタイは一大派閥で左翼と言えば、パルタイだった。宇治川に私が飛び込んだのが、入水自殺と言われる噂はパルタイが出したデマである。「偽善者」と私が叫んだのは、左翼寄りの者どもが、口先だけで、一番いけないのは、左翼の運動家が女子学生をわが物にするために集団を利用することであった。事実、あの一件の後に、宇治分校細胞の一人が、吉田本校で脇に寄ってきて、「済まなかった」と言った。

「君は何をしているのか」と聞くと、「労働運動を支援している」と言っていた。

赤旗が立った会社の建物があったが、あの会社の労働組合のことだとすぐに分かった。その後、彼の姿は学内では見なくなった。中途退学をしたのかも分からない。パルタイの想い出は、下宿していた家に居た時である。息子が帰ってくるので部屋を空けてくださいと下宿のおばさんに言われて、すぐ近くの自炊できる家に引っ越した。一軒家をまるまる学生たちに貸していた。その学生三人がすべてパルタイであった。一人は西洋史専攻でベリンスキーを読むためロシア語が出来た。もう一人は哲学専攻で純哲だと言っていたが、酒に酔って突然何が気に入らないのか蹴られたことがある。三人目の学生は一日中部屋に閉じ籠っていた。実は逮捕状が出ていた。朝鮮戦争が始まった頃に、戦争反対のビラを張ったとかが逮捕の理由であった。もう数年経っていたが、ずっと部屋を出てないらしい。顔色が白っぽくて日の光を浴びていないのは明白であった。ベリンスキーを卒論に選んだ学生は、卒論試問を終えた日に上機嫌で「優だった」と言っていた。ベリンスキーの何を書いたのかと聞くと、ベリンスキーはドストエフスキーの『貧しき人々』を評価して、愛する女性を富裕な家に嫁がせて己は革命に献身するのが、現代のプロレタリアの若者の選ぶ道だというのである。私も思い当たることがあった。それでこの先輩は偉いと思った。

先輩は中古の自転車に乗っていた。こんな自転車をどこから手に入れたかと聞くと、「泥棒市場さ」と答えた。円町に月に一回泥棒市場が立つのだそうである。泥棒市場と御所と大学が共存しているのが京都である。ノーベル賞受賞者と警察に追われて数年間も外に出られない学生が生きているのが京都である。昔も六波羅探題に追われていた政治犯は居たわけで、それも一千年続いているのである。大文字に登れば、指呼の間に御所と泥棒市場が立つ円町が入ってくる。アサギマダラが愛宕山の麓のフジバカマの花園から飛び立つ時に、遥かに愛宕山を越えるから、京都市街は指呼の間――蝶なのでおかしな表現だが――に眺められるだろう。

アサギマダラは、毎年十月から十一月にかけて三重県美杉村のフジバカマの群落に開花した好物の花の蜜を求めて群れを成して訪れると言われている。北限地は北海道の南部であって、南限地は台湾をさらに越えてラオスまで行くらしい。テレビ番組に出てきた日本人で、ラオスで蝶の採集をなりわいとしている人が手に持っていたのはアサギマダラのようであった。上半分しかテレビに映らなかったから断言できないが、視た限りでは、アサギマダラと思われた。さらに驚くべきことは、日本で産卵し孵化して親は死ぬ。海を渡るのは、日本生まれの子であるという。渡ったことのないコースを子は恐らく群れを成して渡るのだろうが、遺伝された記憶装置が生まれながらに身についているとしか考えられない。この情報は人間が宇宙空間を幾世代かにわたって太陽系以外の宇宙に渡って行く時に、アサギマダラのように遺伝によって世代間を記憶装置の継承が出来れば、非常に役立つことになるだろう。ベイトソンは『精神と自然』（岩波文庫）の中で、人間の遺伝はニューロンが脳において何回か投射して一部が遺伝として残るというのである。

K大学宇治分校に私の同期生として入学したのは、総勢千四百名であって、その内、女子学生は四十名ほどの少数であった。私とK君（本名は有名なので読者も知っているはずだが）は、中高一貫教育の学園から三名合格した二名であった。高校三年間K君は同級生であったが、休み時間にエリザベス・テーラーのカラー写真入りの英語のシナリオを読んで聞き取りの勉強をしていた。映画を原語で聴こうとしていた。そういえば、秀才肌で凡人離れしていたように見えるが、面白いのは、高一の東洋史の時間にあてられて、「焚書坑儒」と板書されたのに、「焚書抗儒」と答えてクラス全員が爆笑したこともあった。東京の大学に行かなかったのは――受けたら受かっただろうが――彼自身は「京都の神社佛閣の建築を勉強したかったから」と言っていたが、もう一つ理由があった。同じ同級生にF君がいたが、かれの叔父がK大学建築専攻の学生だったことがある。八高からK大に入ったが、学生運動で中退させられた。戦前のことで、特高は反戦運動はパルタイの仕業として関わった学生は左翼として大学が退学にした。

ところが、F君の叔父さんは五郎という名だったが、五郎さんは戦争中に名古屋が空襲されるが、京都は大丈夫だと言って、京都に引っ越した。医者の学校に入ったらしい。その後も京都で医院を開業していたらしい。五郎さんも旧制中学は、戦後中高一貫教育校になった学園の卒業生であった。後に私は知ったのだが、K君の父親がやはり同学園の卒業生であったので、五郎さんとは交流があってK君の志望大学が決まっていたのだろう。だからであろう。パルタイに対してK君はあまり神経質ではなかった。入学して間もなく目立ったK君の行動は人目を惹いた。工学部繊維学専攻の工学部唯一の女子学生と並んで机つきの椅子に座り、鉛筆を拝借してそれから付き合いを始めて何時も二人で学内を歩いていた。寒くなってからすき焼きの季節になって、学園の先輩達が新入生三人を囲んでコンパに呼んでくれた。芸者を三人呼んでくれたが、三人全部がK君にぴったりくっついて離れない。着ている背広の生地で判断するようである。お坊ちゃまの典型であった。折角なので、御礼のために歌うのは気恥ずかしいから、私が逆立ちをした。兎に角K君がもてるのをまざまざと見せつけられた。女子学生とは結婚をして子が二人出来たが、K君はもてるのをいいことに家に寄り付かなくなって結局女優さんと結婚し、女子学生だった妻とは離縁していた。その妻と同期の女性で私と同じ英文専攻生だった人が、東京の同期会で会って話を聞いたそうである。

同窓会でK君に久しぶりで会った。丁度京都に家を建てる時だった。「K君、今度家を建てるので一寸設計の元になる略図を描いてくれないか」と言うと、即座に「それは無理だよ。一人の同窓に描いてあげたら、次にも断れんだろう」というのであった。イタリア旅行をしていた時に、コモ湖の観光船のガイドが、「あそこに見えますのが、日本の建築家Kの別荘です。彼はウナギ屋の料理人を連れてきて住んで居ました」と言われた。瀟洒な建物だった。こういう別荘が世界のあちこちにあったから、新聞によれば、遺産総額二百億と言われていた。他界する前に、病気が進行していて、最後の仕事として東京都の都市設計を考えていたからだろうか、東京都知事に立候補した。対立候補は石原慎太郎氏であった。有名な司会者が、テレビに出席したK君に出合い頭に、「あんたはパルタイや」というものだから、票が逃げたと思われる。私には長い付き合いがあって断言するが、彼はパルタイではない。一度も日本のパルタイに入ったことはない。京都の学生の時に、母校の恩師に、「この度、社会主義国の都市で世界建築科学生連合会があるので署名とカンパをお願いします」と言ってきたそうである。恩師は驚いて、「Kのようなブルジョアの子弟がどうして貧乏な恩師に向かってカンパを要請するのだ」と言うのだった。K君は本を出版するたびに贈ってくれた。もちろん私もラスキンの建築に関する訳書を贈った。彼はラスキンを評価していたし、私の仕事を先輩の梅原教授に評価していた。彼の著書を読んでも左翼的なところはない。建築科学生の世界会議に出ることは、将来建築家として世に出るのに重要と考えてのことであり、主義や思想とは関係がなかった。後に社会主義国から設計の依頼があって、国家的プロジェクトとしてのサッカー場の建築などをしてきた。こういう打算があってのことで一種の商才があった。それに京都に着眼して学生時代を過ごしたことが良かった。伝統的な建築思想を身に付けた。東京の大学院で彼が慕った教授は広島高校出身で広島に愛着のある方である。K君は日本へ回帰したと私は思った。古都にしみ込んでいる京都の思想が理解されてくる。一例を挙げれば、「縁側」の思想がある。日本の神は山を下りて里に来る時、山と里の境を通る。だから縁の思想は境の思想である。間の思想である。空間では境や縁と言われるが、時間では間と言われる。これは西洋にない取り組みを日本に求めてきた西洋の思想家の求める思想である。これにはK君の影響もあると思う。

青山葬儀場では参拝するのに待たされた。延々と続く参拝者の列に並んでよく見ると、西洋人の若い人がかなりの数並んでいた。その理由は彼の日本的な京都で育んだ思想にあったと思う。

アイルランド詩人イェイツ（W. B. Yeats, 1865-1939）は、女友達三人を挙げて「友人達」という詩を書いたが、最後に生涯をかけて恋した片思いで終わった相手のことを詠っている。

「私の青春が終わるまで
殆ど憐みのまなざしさえ向けず
すべてを奪った彼女についてはどういうべきか。
彼女をどのように褒めたらよいのか。
夜明けが忍び込むとき、
私は自分の良し悪しを数え、
彼女のためにまんじりともせず
彼女の持っていた長所を思い出し、

鷲のまなざしがやはり何を示すかを想起し、
その間に私の心情から湧き上がる
甘美さがあまりに大いなるものとして流れるので
頭の先からつま先まで私は身を震わす。」拙訳

モード・ゴンという美貌の婦人のことを謳っている。一方的な恋心であって、彼女の夫は、アイルランド独立運動の「イースターの蜂起」で銃殺刑に処せられて、彼女はその運動のため献身する。そういう片思いの恋人を中年になるまで独身で待っていた。要は「夜明け」で白々と空が薄明かりになってくる時に、詩人は悟りを得たように「身を震わす」。「夜明け」は薄明の時間で、夜でもなく昼でもない。「縁側」「境」「間」という日本語で言われる時間である。

境、閾（しきい）とも言うが、この時間に局面が変わる、変貌が起こる。日本では、禅の修行で得られるものは、閾を超えた精神の域において、自己といわれるものの変貌が起こるのである。この域は日常の精神状態と夢・睡眠の間

である。日本の日常生活では、ごく手近に「間」「縁」が見られるし、経験できる。イェイツは晩年になって鈴木大拙の禅論文集（英文）を通して禅を学んで、晩年の詩には禅思想が表され、墓碑銘がよく物語る。

「生にも死にも
冷たいまなざしを投げよ。
騎手よ、駆け行け！」

達磨大師の言葉を訳すと、「外側では、すべての関係から汝自身を隔てよ、内側では、心の中で喘ぐな、汝の心が真っすぐに立っている壁のようである時、汝は禅の道に入れる」。

イェイツの最初の草稿では、「（騎手よ、）馬の手綱を引け（立ち止まれ）、呼吸をせよ。」の一行が冒頭に置かれて、それから上記の「生にも死にも……」が続いている。

馬上の騎手に訴えるようになっていて、読者を馬上の騎手に見立てている。「生にも死にも冷たいまなざしを投ぜよ」というのは、達磨大師の「外側では、すべての関係から汝自身を隔てよ」に相当する。「手綱を引け」は一旦「立ち止まれ」ということであり、そこで深呼吸をしてから、馬の腹を蹴って駆けるのである。「馬上の騎手」の意味は、「馬」は禅の「句草子」では、「宇宙」のシンボルである。「馬上の騎手」は宇宙と一体になった人間である。「梵我一如」のことであろう。この詩を生前に自分の墓に彫ってくれと言い残していた。

彼の墓は、バルベン山を見渡せる海に近い教会の墓地に設けられている。そして、上記の墓碑銘が大きな字で彫られている。

「間」と言えば、古本屋も売り手と買い手の間を取り持って、利益を得る商いである。京都の古本屋には、義侠心のある主人が居た。私がこの主人から聞いた話だが、ヨーロッパの古書店で稀覯本を買い入れて、日本の古本屋に売って、差額を自分の利益にする、要するに税金から無駄な金を使っていると言う話だった。領収書を外国のと日本のと二つ添付すべきなのであるが、日本の領収書だけで済ませるから、間で差額が生じて税金で埋め合わせしていると言う。

この主人は馬鹿らしくなったのか、店を閉めてしまった。この古本屋に世話になったが、妙な話がある。これは曲瀬教授に「毀誉褒貶」の「誉」「褒」に関わることであった。私大の教授が曲瀬教授の訳書を店に出した。戦前発行の書物で三万円の値が付いていたが、仮名遣いが新しい版は持っているが、旧仮名遣いの訳書の方が深い思想が出ているのではないかと思って購入した。数日後になって、古本屋の主人から聞いたが、私が買った訳書は、実はこの私大の教授が売りに出したのであって、もう一度読みたいから借りれないかと言ってきた。

それで貸したところなかなか返さないで夏休みも終わっても返却しないから、読みたいので返してくれないかと手紙を出すと、小包にして送ってきた。数日か数週間たってから、書棚をよく見ると、違う本であった。ところが、ご本人は亡くなっていて、人を馬鹿にした話だなと思った。

昔関西の有名な旧制高校が新制度でも教員がその高校でも引き続き教員に

なった。その高校出身の私と同期の人が精神医学の大家になった。彼が高校時代に習った先生が奈良女子高等師範（奈良女子大学）の教師をしていたが、定年後、私も入っていた研究会を主宰し、私が「鈴木大拙の影響がイェイツにある」と唱えていることを誰かに聞いて、わざわざ私の自宅を訪ねて来た。そして数日後にこの先生は亡くなった。癌を患っていた。葬式に出てはじめて病気が重かったのに、私宅に立ち寄ったことを知った。

私が唱えていた「イェイツの晩年の詩には禅思想が影響していて、禅思想でなければ理解できない作品がある」ということは、アイルランド共和国コーク大学出版部から *Yeats and Asia* が出ているので知られるようになったが、当時は、イェイツの専門家にしか知られていなかった。生きている間に知っておこうと言う先生を偉い方だったと思っている。

「間男」というが、「間女」とは言わなかったし、今でも「魔女」とは言っても「間女」は言わない。昭和八年の「T教授事件」は、T教授の思想が自由主義人権思想にもかかわらず、共産主義思想であるという解釈によって、弾劾されたが、教授の刑法思想に姦通罪は廃止すべきであるという主張があり、これが弾劾の一つの理由になっていた。「間男」は姦通罪に適用されない、無罪である。「間女」が居たら、姦通罪が適用される。要するに女性だけに適用されるのが、姦通罪である。人権から言って、姦通罪は廃止すべきである。至極当然の主張だが、昭和八年の頃は、テロによって政府の高官や軍人が射殺や日本刀による惨殺やドスによって刺殺されていた時代である。昭和十一年の二・二六事件まで続く暗黒時代であった。さらに拍車をかけてひどい話は、昭和十六年になって、神兵隊事件の被疑者を釈放にしてしまうほど軍国主義が強大になっていたのである。神兵隊事件は昭和八年に計画された事件で首相など政府高官を殺害し、宮様によって首相など内閣を組織するというものであった。昭和十六年になって宮様が関わる事件を公に出来ず、罪を問われずに終わった事件で、結局軍資金集めで寄附を財界人に募り、その軍資金が主宰者に渡った時は半額にまで減っていて「間」のジャーナリストなどが中間搾取をしたのであった。神兵隊事件の計画で宮様家の名が挙がったのは、東久邇宮稔彦親王を首相に戴き、閑院宮や伏見宮を閣内に入れるということであったが、この時代に宮様を組閣させて、一方では当時の内閣や重役を殺害するという計画は、伏せなければならないと司法当局が考え、罪を問えなかった。この結果、軍部の独走が始まった。その独走が太平洋戦争の敗戦まで続いた。

曲瀬教授のお嬢さんとの最初の出会いは、私が大学入学後の身体検査の時に、合格者の名前、出身校は新聞記事で知っていたので、化粧をしていない素顔の彼女に声をかけた時である。これがなれそめであった。暫くして宇治の下宿に手紙が来た。日曜日にお宅を訪ねたが、分からずに帰った。というのであるが、本当に訪ねて来たなら、軍需工場の守衛室で受付を診察室にして、日中は佐織町役場の前に作られた診療所に父は勤めていた。夜は急患が出た場合に、自宅の元守衛室で診るのである。

診療所は駅に近いが、佐織町は名鉄電車の路線で言うと、津島本線の勝幡駅と藤浪駅、津島で乗り換えて一宮方面に向かう尾西線の六輪駅か次の駅員が居ない無人駅で降りるかしなければならない。四つの駅が佐織町住民が使う駅である。私の父母が当時住んで居たのは、無人駅から二十分歩いた工場の入り口にあったから、まさかと思われる所に診療所と住所があった。だから、分からないのが当然であった。友人のK君の家は近鉄の蟹江駅で降りて行けたから、それに池で鯉が泳いでいるような料亭のような住宅であった。比較するのがおかしいのであって、こちらは引揚者の医師である。あちらは名古屋に建築事務所を開いていて、母校の新校舎の建築を引き受けていた建築家であった。K君が無名の頃は、奥さんになった工学部繊維専攻の女子学生だった人が苦労して二人の子供を育てていた。

それは他家のことなので、兎に角お嬢さんが訪ねて来ようとしたということは、K君のような邸宅を構えていたら、その後結婚まで進んだかもしれないが、結婚しても、K君のように別れたかもしれない。貧乏所帯に嫁をやるという可能性がないと断言したのは、原住民音楽・舞踊を研究して学位を取って、名古屋の私大教員住宅に住んで居た教授である。曲瀬教授をシャイロックに譬えたのは言い過ぎだが、結果から見ると、若い助教授に翻訳の仕事をさせておいて、書店に出た訳書では一行も助教授の訳文を採用しなかった教授は、「翻訳の労働量」を「肉一ポンド」として受け取ったのかもしれない。警告してくれた名古屋の教授も同じような目に遭っていたのかもしれない。こう考えると、辻褄が合う。

それにしても、曲瀬教授の訳書を一高時代に読んで感銘を受けたT大学の教授の褒めたことが本当の曲瀬教授の実力であろうから、悪口を言われても、却ってそれだから評判になるのだろう。

K大学の英文科の講座主任の趣味か性癖か、恐らく東京の大学との対抗意識があってだろうが、京都の三高から東京の帝大英文を出たF教授は、英詩の翻訳にかけては、第一人者であったが、教養部の英語の教師だった。学部や大学院で教えなかった。おかしな話は、学生間では噂になっていて、英詩に興味のある学部学生が数人、F教授の教養部の英語の授業を受講したものである。立ち見が出るほどの満席である。F教授は心得ていて、「漫談」と自称する話を半分の時間を費やして話す。「今朝訳したオーデンの詩だが」という前置きから始まって、こういう英語を日本語に訳するのは、工夫が要るとか言って、延々と翻訳の工夫を教えてくれた。これは私の場合に役立った。後に私がまだ専任講師の時に、東京の教授が胃癌になって、このことが漏れたらしく、世界教育選集を百巻出すべく準備する段階で、ラスキンの翻訳の依頼が私に来た。シェイクスピアの論文を教授に送っていたが、教授がそれを読んでくれて、この論文で文体を論じているが、これはラスキンにも言える。ラスキンは面白い文体でレトリックを使うので、君に向いているかもしれないから、そのつもりでラスキンの芸術教育関係の論文を研究してみてはどうだろうか、というのであった。

この教授が監修者になった百巻の四十六巻がラスキンの『芸術教育論』である。これ以後モリスのも出したが、モリスは労働者に分かるような文章で易しい英文である。世にモリス専攻の翻訳者がいても、モリスが長詩で書いた物語詩の翻訳は手こずるだろう。ラスキンは何冊か翻訳したが、私の訳書を読んだ東京でも英文学科では一流を誇る大学教授が、「自分は十九世紀が専門なので是非ラスキンを訳したいと思っているが、君の訳はどうしてこういう風にうまく日本語になるのだ、どういう方法でこうなるのだ。教えてくれないか」と問い合わせがあった。恐らく私の訳には、F教授の影響で工夫があるのだろう。自分では別に特段意識しているわけではない。

曲瀬教授の定年退官の時の記念講演で、「曲瀬教授の文学思想と文体」だったかと思うが、講演者は、F教授であった。翻訳文に見られる魅力がどうして出てくるかというのに、注目してよく覚えている。「外側から読むのでなく、内側に入る。そして内側から表現するし、読者を内側に連れ込む。こういう点に曲瀬教授の文学と文体がある」というのであった。やはり偉い教授であった。両教授とも偉かった。

この定年退官の前に教授の自宅に伺うと、奥様が出てきて、「あなたも退官講義に招待されるわよ」と言ってくれた。特に名指しで招待者の中に入れてくれたというわけか、すると、招待されない奴もいたわけか、あの手合いだと推測した。教授が監修者になって訳者として名が出ながら、一行も訳文が採用されなかった訳者のことである。破門ということだな、実は俗っぽく言えば、私も令嬢とのことがあって、破門されても文句が言えないところがあった。

親として思いあまるほどに、悩んだであろうことは、私には痛いほど娘を持つ親になってみれば分かるようになった。

当時、浅黄色のセーターを着ていた学生が、講義中に彼女の後ろの席に着いて、隙を見ては手を彼女の方に伸ばすほどになった。私は自治会の責任者だから、フランス文学の「高等遊民」が跳梁跋扈するのを歯ぎしりしながら、手も足も出ない。「高等遊民」の一人が面白がって、「今朝は早くに二人は起きて布団を干していた」とわざわざ報告に来る。パルタイ三人と共同生活をしていた家は、セーターの男の下宿の近くで向かい側に、面白がるレポーターの学生の下宿があった。彼女は三回生になってから吉田山の麓の女子寮に移っていた。それで私は鹿ケ谷に引っ越した。錦林車庫の横から吉田山の東側の麓に自治会の委員長の田丸君が下宿していた。彼の下宿も家主が数人の学生に一軒を貸していた。だから何を話していても家主に気兼ねしなくてよい。ビールとおつまみを持参して雑談をしに行った。何時も田丸君は歓待してくれた。当時、私は生まれ故郷の台湾の原住民の反日事件の資料を集めて構想を練っていたので、時々雑談の間に構想を話した。田丸君は日本史専攻で、大本教からアルバイトで教団の歴史編纂を手伝わされていて、後に朝日新聞社から田丸君は大本教の創始者で教祖になった婦人の伝記を出版した。私の方は台湾タイヤル族の反日事件の物語を日本語でまず出し、最近は英文で新しい版を会誌で公にした。田丸君が教祖の伝記を書いたのは、私が物語の話をしたことによって刺激されたのかもしれない。私の書いた英文の版は、クリスマスカードに添えて、カナダの大学教授をしていた世界的に権威のあるアイルランド文学研究者から次の自筆の文章が届いた。"Congratulations on *Light and Darkness in Musha* which I read with great interest and admiration."（『霧社の光と闇』出版おめでとう。この小説を私は大いに興味深く、そして感嘆の念をもって読みました。）

カナダからは、アイルランド出身のジョイスの短編小説の影響を受けた女流作家がノーベル文学賞を受賞している。

研究者はご婦人であるが、オックスフォードに短期留学で大学から私が派遣されていた時、ロンドンのセントポール寺院で待ち合わせをした。私は寺院の階段で待っていた。階段では楽団が演奏をしていた。何時まで経っても彼女が姿を見せない。遂に諦めて、帰ろうとして、地下鉄の駅の入り口に行くと、彼女が怒った様な顔を見せて、待っていた。日本語で考えるほどロンドンの待ち合わせは簡単ではない。ロンドンの日本料理屋へ行って彼女が珍しそうにしている料理を注文した。うなぎは美味だと言ってくれた。豆腐は原料は何だと言った。料理と言えば、仙台で学会があって、帰りに福島で新幹線を降りて、タクシーでかなり郊外にある温泉宿に向かった。京都の研究者達と一緒だった。自然の温泉をそのままで使った露天風呂に入っていると、川の音がするので、音を頼りに川に出て、宿にあった釣り竿とテグスと針を借りて、ひょいと投げるとすぐにぐいと引く。なんと岩魚の中くらいの大きさのものが釣れたので焼いてもらった。真っ黒に焼けて彼女は気味悪がった。しかし、私が少し食べると思い切って口に入れ美味だと言った（この頃はまだ東北が災害に遭う前であった）。

オックスフォードにいる時には、小高い山の上から街全体を眺めると、教会の尖塔が林立していて、まるで港の漁船のマストのようである。人工の運河を辿りながら、誰か連れてこればよかったと思い、学寮に帰ると、ハガキを曲瀬教授の令嬢に出した。その頃は、すでに彼女は結婚していたが――こちらも既婚者であったが――、彼女がどう反応したかは分からない。ヨーロッパを列車で旅行している時、私が予約していた席と同じコンパートメントに四十歳近くの婦人が乗っていて、降りる時に手伝うくらい荷物が大きかった。この婦人の話では、娘が十七歳になったので、親の責任から解放されて、新しい人と結婚するため次の駅で降りますと言われて、夫になる人が迎えに来ていて、荷物を渡した。この時は、教授の既婚の令嬢に、「娘が十七歳になったら、ヨーロッパでは新しい夫と結婚する人がいる」と書いて手紙を出した。こういう私は潜在意識では、臆面もなく彼女のことをまだ想っていたのかもしれない。

既婚というのは、曲瀬教授は、大学院を出た娘の嫁ぎ先を、元台湾総督の関係者に依頼した。この総督は、台湾で幅を利かせていて、戦時中に敗戦を見越して、旧制台北高校生に、「戦後の日本を背負うべく勉学に努めよ。特攻隊によって戦局を転換することはもはやできない」と言ったことが、台湾軍司令官に伝えられ、内閣総理大臣に伝えられ、定年にされて免官になった。後任は軍司令官が兼任した。おかげで海軍大将だった免官された総督は戦犯にされず、長生きした。軍司令官は南京時代の虐殺の責任で絞首刑が決まっていたが、監獄で襟に密かに縫い込んでいた青酸カリを飲んで死亡した。なお台湾では昭和八年から十二年まで天然樟脳の需要が上昇していたが、以後は人工樟脳に切り替えられたようである。台湾の樟脳は品質が高く評価され、高価であった。人工に切り替えた最初の国はドイツである。その樟脳を扱っていたのは、貿易商社と鈴木商店であった。ことに霧社事件で、最初の日本人犠牲者は百三十四名であった。昭和五年の事件だから、私が調べていた範囲でも、樟脳の生産を拡大してきた当時の労働を強制していた責任がある。警察側も責任があるが、取引拡大を図っていた時期の独占資本家側にも責任がある。曲瀬教授は、総督を免官になった海軍大将の関係者に相談して、学徒出陣の元海軍少尉であった人が、その貿易商社に勤務して、中近東の物産（石油など）を扱う貿易商人を婿さんとして決められていた。本人から聞いた話では、海外勤務だからイギリスに行けると思っていたそうである。当てが外れたが、イスタンブールとイスラム圏には、連れて行かれたそうである。

私のような引揚者の子弟で、貧乏学生を弟子にしてくれて有難かったが、早くに彼女から距離を置かざるを得ない状況になったのは、宇治分校のパルタイの学生が、文学研究会の機関誌に、何か詩のような散文を出して、「彼女」を思わせる文章を発表したことが一つの原因だった。もちろんマルクス主義に則って、「彼女」とパルタイの運動を共有することが謳ってあった。「入水を図った」という噂はパルタイの側の宣伝であって、パルタイとは、女子学生をこういう風にして連れ込むのなら、パルタイは「連れ込み宿」になっているわけだ。「偽善者」という言葉は、そういう意味であった。

もちろん彼女は彼との縁を切った。しかし、神楽坂のドン底にあった「飲み屋」で「英文の子と付き合ってよいでしょうか」という「浅黄色のセーター」を着た「高等遊民」の問いかけは、その時点から彼女と私の距離を隔てることになった。でもその頃、曲瀬教授は懸念していた。私と会った後に、わざわざ家の外に出てきて聞いた。

「君はうちの娘に対して、どう思っているのか」

「難しいです」と答えると、

「軽いからか。でもあんな子でも貰って呉れる人は居るぞ」と言われた。

「その貰って呉れる人」が最初から想定されて、もし私が彼女と深い仲になってから引き裂かれることになったら、と考えると、まさかとは思うが、やはり「シャイロックのような人」という忠告めいた断定をされたことを想い出した。

教授だって人の親だと思うと、納得がいくが、パルタイの方は、宇治の一件で学生細胞が急減したことで、会議を開いても、集まらない。中央でも問題だったらしく、長老の元議長が、機関誌に「パルタイ党員の修養について」という意味の論文を載せた。レーニンの時代に、ソ連邦でも結婚の廃止を考えたらしい。しかし、乱交によって倫理的な問題が生じるので結婚制度は存続させた。ところが年々歳々人は変わってゆく。人が変われば、修養といった観念的な言葉ではいつの間にか元の木阿弥になってゆく。現代の日本でも、木阿弥というか、田丸君の最初の奥さんのように、パルタイ同士の同志愛なる美名に隠れた乱れた関係が出来ている。

田丸君は名古屋の私大に赴任した。大学住宅に住んでいたが、最初の妻はパルタイの仲間と駆け落ちした。その後、大学事務員の人と結婚した。すると、東京の有名大学から招聘されて教授として栄転した。収まらないのは最初の妻だった人である。学会のたびに田丸教授に質問を浴びせる。問題は秘事なので明るみに出ないことである。学会で薄ら笑いをしながら、二人の関係があったことを知っている学会会員だけが黙って見ているだけである。田丸君はもう亡くなったから済む問題ではない。彼は交通事故による傷害が原因で亡くなった。新聞で歴史家としての痛ましい事故死と彼の業績が連日報道され、同期生の話題になり、曲瀬教授の令嬢から手紙で「田丸さんは偉かったのね」と書いてきた。既婚になっても、彼女はいろいろ思い当たることを言ってきた。「あなたのお孫さんは女、男のどちらですか」とも言ってきた。私の息子が南極の越冬隊に加わって写真を送ってやると、女ばかり生んだので、女か男か気になったらしい。「孫は一人で女です」と答えると、「結局同じことで家名断絶だわ」と言うのである。

自分の選んだ道が他人と同じなのだと納得したいわけである。

私の方は、母親の妹が東京女子高等師範（現在のお茶の水女子大学）を出て、引き揚げ後、山口の大学教授になったので、嫁の候補を推薦してもらった。山口の中学の教師をしていて、会いに行った。一年後になって結婚することになり、私が住んで居た愛知県の教員試験を受けたら、一番で本籍地の親が診療所所長だった町の教育委員長が、町立の中学校校長が「うちの教員に欲しい」と言われたと言うのであった。母親が感心して、「やはり引き揚げで苦労した人は違う」と言うし、長男が生まれた時は、私の父親が「月満ちて生まれる子は丈夫に育つ」と言って喜んだ。

　私の妻の母親は、山口の観音寺で生まれて、夫が赴任したロタ島の隣のパラオでアメリカの戦闘機の機銃掃射に遭い母親だけが重傷を負った後、亡くなった。戦後になって残りの家族を小学校校長をしていた父親が連れて帰国した。親一人では、ほかの子に手が回らないので、長女の私の妻になった人は小学校時代に農家に養女に出された。担任が家庭訪問に来て、「農家から逃げろ。あんな農家では先が思いやられる」と言って、父の元に帰らせた。ところが暫くして担任が父親（やはり小学校校長になった）に「養女に呉れないか」と言ったと言う。可愛い健気な少女であった。父親はその後、妻の母親が機銃掃射に遭った時のことを書いて自費出版している。出版社の手が入っているとはいえ、胸に抱きしめると、その時息絶えたとある。壮絶な体験記である。

　担任の意図が何であったか知らなかった、預けられた農家の養母が、ある日地産の大きな果物の梨の新品種「新高」を送ってきた。妻が京都の大学教授と結婚していると、誰かに教えてもらったのだろう。歳が行ってから振り返ると、養女と一緒に暮らした時期が思い出されて、その時は親族から養子を貰って両貰いという若い夫婦が養母の面倒を見ていた。老い先幾ばくもない余生を送りながら、少女であった妻と暮らした日々を思い出していた。毎年、秋深くなると、「新高」が贈られてきた。その内、御養子が手紙を添えて、養母は先日亡くなりましたが、遺言で梨を贈りますと、書いてあった。これが数年続いた。私から見れば、興味深い世界で妻は少女時代を過ごしたと思う。血縁もないし、ただ父親ひとりでは四人の少年少女を養うのは手に余るので、長女だけ預けたわけであったが、こんなに歳月が経っているのに思い出してくれて懐かしがってくれた。養母と少女であった妻と両方の人徳が窺われて興味深い。

人生には限りがあるが、それ故に大事にしたい人間関係がある。そのことを如実に教えてくれた。こういう人間関係は田舎にしか残っていないだろう。

ベイトソンによれば、「自己」は他の人との関係でしか捉えられないとのことである（『精神と自然』岩波文庫）。核家族が都会では多くなって、他の家族や人間との付き合いがビジネスライクになってきた。田丸君の場合でも彼は立山が望める田園で育ち、雪が一メートル近く積もる道を歩いて学校に通ったと言っていた。その田丸君が、都会育ちの銀行員のお嬢さんと結婚する時、私は危ぶんだ。果たして、結果的には、次の奥さんは名古屋郊外の田舎育ちの方なので今度は大丈夫だと思った。私だって、台湾で生まれ、台北育ちで引き揚げた。その後名古屋郊外の本籍地は、濃尾平野の入り口に当たり、水害に遭えば、海のようになって、堤防だけが水の上に残されたものである。水が少し引いた伊勢湾台風時に、名古屋鉄道が開通したので、佐織町に行くのに名鉄津島線の勝幡と藤浪の駅と、津島乗り換えの尾西線の六輪駅と渕高の無人駅のいずれかで下車するのだが、尾西線は不通であった。藤浪で降りて堤防伝いに、両親が住んで居た元軍需工場の守衛の家だった自宅まで歩いて行こうとした。ところが、同じ字内まで来たのに、橋の所から元軍需工場までは泥水が覆っていて、なんとまるで海の中のようにボートや小舟が浮かんでいた。知らない人が乗っていた。医者の家まで乗せてくれと言えば、よかったが、口をきいたことがない人なので、そこまでで引き揚げた。本籍地は昔海だったのだ。海抜ゼロメートル地帯であった。この一帯から戦国武将が沢山出ているのは、もっと豊かで災害のない土地を求めて他の藩に侵攻したのだろう。

本籍地は次の集落にあって、苗字はこの集落は同姓を名乗っている。本家の門構えはお城のようで、織田信長家の家老の末席に連なっていた。だから信長が受け継いだ段階では、美濃のマムシと呼ばれた斎藤道三から下尾張の織田家を守る櫓だったのだろう。この辺りは輪中と言われて、自然で出来た土手を堤防に造り変え、堤防で囲んだ輪の中に人は住んだ。木曽川が運んでくる栄養分で洪水の後は土地は肥える。ただ住居は、土を盛って高くしてある。これが輪中に生きる人達の生き方であり、信長の部下の大半が輪中の出身であるから、災難の際に団結しなければ生き残れないことから、強力な軍団が出来上がったのだろう。明智光秀は、尾張の出ではなく、近江か美濃の出だろうから、こういう輪中魂は持っていなかった。

駅から二十分も歩いて家へ帰る時、夜分になると、墓場の横を通らなければならないから、薄気味悪いので、寮歌を歌って帰るのだった。それで一高から八高まで旧制高校の歌を覚えた。京都の三高に至っては「琵琶湖周航の歌」も「紅萌ゆる」も全部覚えた。そんなわけで足腰は、丈夫である。今でも山を歩くのが散歩である。

台北で小学校に通っていたが、虚弱な方だった。引き揚げ後に身体を鍛える機会が与えられた。曲瀬《くせ》教授の台北帝大助教授時代には、川端に住まわれていた。川端は淡江と今は言われている台湾海峡まで流れる川の中流域の畔にあった。有名な料亭もあって、別荘地のような雰囲気もあった。萬華区と今はなっている所に私の親は医院を開業し、その隣が自宅だった。私は近くの釣り仲間と連れ立って、川端に何度か行ったことがある。黒い魚が釣れた。もう少し上流では大きな鮎が釣れることは母方の祖父が高等法院の書記だったので、「蕃社」と言われた原住民居住地に入って大きな鮎を釣ってきた。高等法院は、台湾の最高裁判所であるから、「蕃社」に駐在していた警察官は身分証を見せれば、警備の門を通してくれた。「蕃社」と一般居住地の間には境界が造られ、警備線が張られていた。明治時代から大正時代にかけては、首狩りがあって、そのことがあって、警備線は敗戦で日本人が引き揚げるまで続いていた。

台湾人との関係を言うと、私の通った小学校は、台湾で一番古くに創立されたが、途中で高等科だけの学校になり、初等科だけが独立したので、その時点で五番目の小学校になった。萬華区に戦後なって萬華という最初に台湾に渡った人たちが台北に造った街が近くにあった。それで台湾人子弟が内地人子弟の学校に試験を受けて合格した子弟が一クラスに平均七人入っていた。

その中には、私と仲が良かった陳君がいて、引き揚げる時に、バスに乗せられて台北駅に運ばれる途中で、バスの窓から陳君が懸命に目を凝らしている姿が見えた。窓を開けようとしたが、そのバスは窓が開かなかった。だから、こちらが気が付いただけで、向こうは分からなかった。陳君は戦後私が台湾に行くようになってから、付き合いが再開したが、癌で亡くなっている。亡くなる前に、日本から招いたロータリークラブの役員と会っている。最後まで日本との関係を重視していた。

曲瀬教授の令嬢は、附属小学校に通っていた。私が始めた日台交流の季刊誌に投稿してくれた附属出身の台湾人の医師が附属における台湾人子弟への差別について書いてくれたが、普通の小学校、特に萬華に近い私が通った小学校では考えられない差別が附属小にはあったようである。

附属小学校は、台北には二校あって、公学校（台湾人子弟だけの小学課程を教える学校）と小学校（主に日本内地から来た家庭の子弟が学ぶ学校）があった。前者は二種類の師範学校の内、台湾人の公学校教師を養成する師範で、必修科目として台湾語（福建語）が学生に課せられている。父兄と話すのに必要だからである。ウエールズ地方でも小学校の先生はみなウエールズ語（ケルト語の一種）を話せるそうである。ウエールズ人はイギリスの大学のレベルの高い大学にはなかなか入学できないそうである。その理由は、ウエールズ人は小学校に入るまで英語を話さずにウエールズ語を話しているからである。台湾人も上級学校に入るのにはやはり障害が大きかった。台北の公立第二中学は、内地人より台湾人の方が多かった。でも公学校を造ったことで、台湾人子弟の義務教育普及は八〇％を超えていた。ここに目を付けたのが、海軍大将であった戦時中の総督である。高等科を出た青少年を海軍工廠の工員として優秀な技能を身につけさせて飛行機を作らせた。年季が明けたら——年季が明けるのは終戦後であるが——海軍の技術者の資格が取れるし、中学卒並みの学力もつけさせるという触れ込みであったが、敗戦でかなわず、証明書を発行した。十倍の競争率で難関の試験をパスした少年たちは駆逐艦で高雄から横須賀まで運ばれ、八千人全員無事に海を渡ったが、神奈川県高座海軍工廠でゼロ戦など優秀な航空機を生産していた。名古屋などにも派遣されたが、空襲で幾人かが亡くなっている。でも蔣介石は彼等少年工の技術を評価せず、苦労して頭を使って、戦後を生き延びた人達であった、台湾に親日家が多いのは、彼等の影響もある。

ところで、内地人の中に台湾人に対して差別的な見方をした人がいたことは事実である。例えば、終戦の前の年の暮れに、絞首刑に処せられた尾崎秀実は、父親の台湾日々新報の主筆であった尾崎秀真《ほつま》が些細なことで人力車の車夫をステッキで殴りつけるのを目撃し、台湾人などのアジアの被圧迫民族に同情し、そのことからゾルゲのコミンテルンの運動に参加して、「日本の前途には、進むのを阻む断崖があり滝になっている」ということを友人に語っていたそうである。彼は台北一中から一高、東大を出て新聞社から近衛首相の諮問委員になって秘密である「北進か南進か」の「南進決定」をゾルゲに伝えて、ゾルゲからモスクワに伝えられた。終戦の前に連合国側と終戦の条件をモスクワを仲介するに際して、「尾崎が生きていたら」ということを言われたそうである。ソ連は日本政府の足元を見て、直ちに満州に侵攻し、終戦後も北方領土をかすめ取った。

曲瀬教授の一家が川端に住んで居たので、何度か台湾に渡っているうちに、面白い経験をした。古亭町があって今では古亭駅という地下鉄の駅が出来ている。この駅で降りて、親日家の外科医を訪ねた。一階はコンビニになっていて二階が住まいになっていた。帰りがけにふと記憶が戻って、少し広くなった所に出て、「あれ、ここは来たことがあるぞ」と気が付いた。「この道を東に行けば川端に出る。通ったことがある道だ。このコンビニになっている所は母方の祖父の家が建っていた」と思い出した。川端には花火をしに行ったのであった。幼年時代でもかなり古い記憶である、日本に帰って手紙でそのことを書いて送った。すると、「古亭町ではなくて児玉町だった」というが、横の道は川端に出るということだった。古亭町は古くからある街の名前で、恐らく何時の間にか児玉町に変わっていたが、私の家では古亭町で通っていたのだろう。人間の記憶というものの蘇ってきたのが、こういうきっかけで起こったということが面白い。曲瀬教授にも令嬢にもこの経験は話す機会がなかった。

曲瀬教授のおとうと弟子の教授が国立大学を定年になり、私の研究室の教授になった。曲瀬教授の家に伺うと、令嬢は綺麗にお化粧していたと伝えてくれた。親の家に居ると言うことは、夫である貿易商社の人は、中近東に出張ということだろう。誰のために化粧しているのか、というのが最初の疑問であった。例の「浅黄色のセーター」を着た男は、「青桐」という姓であったが、珍しい名前なので「青桐早苗」という名の美術史家の本を書店で見かけた時は、経歴を調べた。東京の教育系大学の教授だった。この人のエッセイを読むと、最初にヨーロッパに行った時は、貨物船でインド経由だったと書いていた。写真入りで九州出身だった。「青桐」というあまりない名前から、K大学の同窓会名簿を見ると、同じ教育系大学に「浅黄色の男」も勤めていた。同じ職場の同僚が結婚したのだと思った。

「青桐早苗」は幾つも本を出していて有名だったが、「浅黄色の男」は書店では著書を見つけられない。スマホによって分かったのは、共訳書を出していて、哲学者として紹介されていた。「高等遊民」から「哲学者」への変わり身は差異が大きい、「差異」についてのフランスの思想家の共訳書だった。

青桐早苗の著書には、天正少年使節の書物もあって、読んでいると、途中で個人的感情のような不満が感ぜられて、「あまり客観的ではない」と思いながら、ふと彼女の夫であるはずの哲学者との夫婦生活に言及しているのではないかと疑った。安土城の図面か絵画がヨーロッパに残っていないかを調べるため派遣されてから、暫くして、新聞に訃報が載った。「心不全でローマで客死」とあった。葬儀は、長男によって行われるということで、青桐という「浅黄色の男（自称哲学者）」は彼女と離縁していたことが分かった。伊東マンショという少年使節がヴェネツィアの祭りに描かれた絵画を見たことがあるが——記憶では彼女の著書の挿絵だったが——不思議に伊東マンショの姿は記憶になく、黒人の奴隷が運河を覗きながら飛び込むのを怖がっている姿が記憶に残っている。ヴェネツィアはキリスト教国だから奴隷はいなかったと言うことを主張したエッセイを出した人が居たが、キプロス島でサトウキビを絞って奴隷に造らせた砂糖で儲けた大金をヴェネツィアに持ち込んだ銀行創設者が為替を制度として設けた。金融業の近代化が始まるのに奴隷制度が前提になっていた。そんなことを考えていたからか、絵の中の奴隷の姿が忘れられなかった。そんな大学時代の「英文の女子学生」との付き合いをねだられた昔の話は、忘れていた頃になって、ふと「千日詣り」に出掛けて、帰りに脇道に逸れた。下山して林間の空き地に立っていた男を見ると、「浅黄色の男」だった。そして向こうからやって来るのが曲瀬教授の令嬢で厚化粧して新調のズック靴を履いていた。私の横をこちらを見ずに通って行って、二人はハグをした。その時の彼女の身のこなしが積極的で、情事に慣れた女の姿だった。

毎年、日時を決めて、K大学出身の同窓の女子学生のOBが、四条通の八坂神社近くの喫茶店「フランソワ」で会っていた。その年には、英文専攻の女子学生OBから私宛に招待があった。集まる女子学生OBは、K大学全学部のはずだが、招待された人は女子に限られていたのに、私だけ男子が招待されるわけであった。もちろん、愛宕山の麓の逢引を見られたが、見た男が私かどうかを確認するためであった。確認しようということは、まずい現場を見られたかどうかの確認であって、それだけ教授の令嬢は苛立っていたということであろう。彼女は苛立つだけに、邪推を始めたのではないか。こんな招待に応じるわけにはいかない。

パルタイの中でくじ引きによって結婚して、高校演劇部指導をしていた夫が癌で亡くなって未亡人になり老婦人となっていた人が、私に逢引の場所と時間を教えたという邪推である。二人の逢引を嫉妬して、私のことを元「カレ」と老婦人が思い込んで、教えたと言う邪推をしていたのではないか。しつこい責め方で夜も寝られなくなって、老婦人は神経衰弱になり、上賀茂の私の自宅の裏山を死に場所にしたとも考えられる。新聞発表しなかったのは、彼女は実家が有名な料亭で不吉なことは避けるためである。

暫くして、曲瀬教授の令嬢の主人が「急性心不全」で亡くなった。すると、突然私の携帯に電話がかかった。令嬢が言うには、「あなたはどうして元気なんですか」と言う問いであった。「君も京都に来れば、分かるよ。京都の郊外に住むと小高い丘陵があって、時々登ったり下りたりする」とそこまで言うと、「私は京都には行かないわ」と、差し出された誘惑を突き返した。「ははん、何かに触れたな」と自分一人で思った。がちゃんと電話を切ったような感じであった。

興味深い出来事が起こった。スマホを見ると、令嬢の主人の会社が、訃報を出していた。それが聞いたことのない方法だった。鳥居が出てきて、参道を進んで行くと、お賽銭箱まで出てきた。名前が出て、その下に大明神と書いてあった。家康のように神君になったのである。そこで何故そんなに会社が彼を奉るのか。考えるに、会社は一流の上場企業であるから、知恵者がいてその男がユーモアにたけているのだ。「浅黄色のセーターを着た男」と逢引をしていた彼女——主人の妻——の情事は、東京でも見られていたのだろう。大体結婚の披露宴に招待されたK大学の恩師で皮肉（アイロニー）の好きな助教授がいた。彼はなにかの席で、あの結婚は「計算結婚」だと言った。会社の方でも情報を掴んでいて、ヨーロッパに御主人が派遣されると、会社を利用されて、上司は虚仮にされたと考えたのだろう。中近東に派遣され、彼女はイスタンブールには連れて行ってもらったが、そこから西側のヨーロッパには行かせてもらえずに終わった。イスラム圏では、今でも万引きをすれば、手や腕を斬り落とされる。情事が見つかれば、男女ともに首を斬り落とされるとかいわれる。会社の知恵者で辛辣なユーモアを好む人が、「浅黄色のセーターを着た男」と令嬢を夫である人の会社の同僚が、大赦した。だから賽銭でも出せ、と言わんばかりにスマホの神社をリリースしたのである。あの間男が見たらぞっとしたことだろう。彼女だって何か感づかれていると思うだろう。私が偶然、愛宕山の麓の林間の空き地で目撃した情事があったので、殊更に彼女は皮肉、辛辣なユーモアを感じたはずである。

彼女が「お元気なのはどうしてか」という私への問いに対して、「京都に来ないか」という誘いをかけたのに、不機嫌な反応で電話を切った。京都周辺の散策には低い山登りが健康によいはずなのに、どうして不機嫌になったのかは、理由が二通り考えられる。一つの理由は、彼女は何時だったか、夫が膝の半月板をチタンに替える手術をしたが、その際に、「お前も手術を受けたらよい」と言われたという。夫がチタンの半月板にしたのは、大柄な人だったので、運動不足は膝に堪える。しかし、彼女は小柄だから、チタンの半月板を使わなくても、ほかの健康維持法はあったはずである。いったんチタンに替えると、必ずしも小柄の人には良いとは言えない。兎に角一つの理由の可能性がある。

もしそれが理由なら、夫がチタンに替えたら、妻も替えるというのは、昔インドで夫が死ぬと、妻も殉じて死ぬという甚だ非人間的な、奴隷制に近い夫婦関係としか言えなくなる。

私の妻が眼の手術をする前に局部麻酔の室に入る時、私は「阿弥陀様が支えてくれている」と言ったが、後で阿弥陀よりも銃撃されて天国へ旅立った母親の名前を言った方がよかったと思った。

戦時中にパラオの小学校校長をしていた父親は徴用されて、母親も看護助手でパラオ本島の粗末な椰子の葉っぱで葺いた屋根の小屋に住んでいた。男子二人は活発で、日中に外に出て遊んでいたら、隣のペリリュー島に飛行場を作るためアメリカは、その島を総攻撃していた。その時、パラオ本島にも戦闘機が飛んできて上空を飛んでいて、外に居た男子二人が見つかった。子供は家に逃げようとしたが、間に合わず地に伏せた。戦闘機搭乗員は、粗末な小屋に気が付いた。機銃掃射の目標は小屋の方に向けられた。男子二人は難を逃れたが、小屋には母親と姉妹二人が居た。椰子の葉の屋根を貫いて、銃弾が母親を襲い、次いで妹の頬を掠めたが妹は一時かすり傷を負っていたが助かった。母親は男の子二人の身代わりのように銃弾の傷がもとで亡くなった。このことを聞いて、私は、手術の時のように「不安な時」に、この母親が天国から見守ってくれると信じたい。阿弥陀という抽象的な存在よりも、実の母親が息子二人の身代わりになった具体的な人の「霊」の方が夫婦二人して信じることが出来る。

もう一つの考えられる理由は、料亭の娘が、逢引の日時を私に教えたとして問い詰められ、しつこく問い詰められたのであろう。自殺にまで追い込まれたかもしれない。しかしながら、私が愛宕山山頂の神社から下りる時、連れの紀平さんと別れて脇道に逸れたのは、偶然としか言いようがないが、もし何かが惹きつけたとしたら、「アサギマダラの季節」だったからとしか言いようがない。彼女は台湾の附属小学校に通っていた。台湾人の医師で附属小学校出身の人が蝶マニアで、山の中で原住民の車に乗せてもらって帰る時、袋に入ったものが足元で動くので、「何だ」と聞いたら、「ヒャッポダだ」と答えた、「危ないじゃないか」と言ったら、「高く売れるんだ」とにやりとした。ヒャッポダは、噛まれたら、百歩かないうちに死ぬといわれている。私の方は愛宕山の麓にアサギマダラの好きな「フジバカマの花園」があることを新聞で知っていた。潜在意識において彼女も私も「アサギマダラの季節」に符合したのかもしれない。

　台北の附属小学校では、蝶の採集や台湾が蝶の宝庫であることに興味を抱かせる授業があったのだろう。日本内地に渡る蝶の話は、生徒には興味深い話であったに違いない。アサギマダラは猛毒を持つ百歩蛇《ヒャッポダ》の棲息する山に咲く花の蜜を吸って育つが、食性によって毒蝶である。鳥に出くわしてもアサギマダラを餌食にしなくて、避けるのは、この蝶の色彩から毒蝶であることが鳥に分かるからである。

# あとがき

霧社事件の現場責任者としての佐塚愛祐警部の佐久の墓石には、「昭和五年十月二十七日台湾霧社にて戦死」と刻まれている。戦死として一階級昇進とか叙勲とかがあれば、殉職として公になるが、それはなかった。佐塚警部の弟は佐塚袈裟次郎といって、新聞記者であった。当時の新聞社では、彼の勤めていたはずの東京毎日新聞が霧社事件関係では、写真集などで際立っていた。袈裟次郎が兄の処遇が不当であると思い、新聞社社長と付き合いのあった文人思想家と知り合った。当時の文人思想家には昭和維新として活動して知られた人も居て、「神兵隊事件」のクーデター計画に参加したとしても不思議ではない。

筆者

政府としては、石塚英蔵台湾総督が引責辞任し、昭和天皇も、「ひどい圧迫を加えていたのだろう」という趣旨のお言葉を遺された。

佐塚袈裟次郎は、本国日本の政府が現場に責任を押し付けて済ましていると考えたとしても、不思議ではなかった。事件から三年後の昭和八年七月十一日、渋谷の神社に集合していたグループを特高（特別高等警察）が一斉検挙した。拘束されたグループに、佐塚袈裟次郎は居なかったが、すぐに共犯被疑者として逮捕された。当局は大審院の審議によって判決が待たれたが、昭和十六年になるまで、判決は引き延ばされていた。

二・二六事件が昭和十一年に引き起こされ、軍部、右翼思想家が暗躍していて、未遂に終わった「神兵隊事件」としての「内乱予備罪」の審議は遅らされていた。佐塚袈裟次郎に関する調書と思われるものがある。特高の調書に「秩父・佐久の百姓一揆」が影響した、という箇所がある。これは袈裟次郎の取り調べから出てきたものであることは間違いないだろう。だが霧社事件との関係を指摘した調書は、ないようである。特高は株の異常な変動から探知し始めた。

「松屋」常務取締役と連携して、袈裟次郎が暗躍した。軍資金を集めるためである。愛国勤労党の天野辰夫が陸海軍人（海軍航空隊所属の退役軍人を含む）に働きかけていた。目的は、「内閣の首班をはじめ全員を誅殺することであり、新しい組閣は、総理は東久邇宮稔彦親王とし、閣僚は伏見宮、閑院宮など皇族を以てなす」ということであった。軍部は大審院にも睨みを利かせ、結局、皇族に迷惑がかかるということであろうか、昭和十六年になって判決は被告人全員有罪であるが、釈放となった。軍部は独走を始めていたのである。

このような軍部の独走に対して、尾崎秀実は、コミンテルンに派遣されたドイツの新聞特派員のゾルゲと組んで、近衛内閣の諮問委員として、「南進策」を知り、ゾルゲに知らせた。ソ連は「満州国」との国境に配置していた軍隊をドイツとの戦線に派遣することが出来た。

日本は連合国との戦争において、補給もろくにできないのに、戦線を拡大し、結局敗退した。ところが、戦後アジアの国々は次々に独立した。

尾崎の意図と行動に反して、軍部が独走しその果てにアジア民族が独立をかち得たという事実は、歴史の皮肉（アイロニー）であろう。

Ｋ君は、読者もご存じの黒川紀章君のことである。高校三年間と大学時代を同級生や同期（大学は学部が異なる）であったので、筆者は要らぬことを述べているかもしれないが、黒川君は、日本の建築は「雰囲気」「精神」を伝えるものであるとしているから、そういう意味では意味の生成に役立ったか、いやそこまで言うと僭越になる。まず「私」が宇治川の側流に飛び込んだのは、昭和二十九年二月二十八日の宵の口である。この翌年昭和三十年（一九五五年）に東京で「六全協」（第六回全国協議会）が開催され、「極左冒険主義」の排除と、「農山村工作隊」の廃止が決議された。ソ連邦では、この年十一月にエリツィンが初代ロシア大統領に就任し、ゴルバチョフ大統領の任期中にベルリンの壁が崩壊し、一気に雪解けが足を速めたが、プーチンからは逆の方向が始まり、ウクライナの抵抗抗戦になっている。

黒川紀章のいち早い雪解けへの反応が、「世界建築科学生会議」への出席だった。この出席によって、彼は世界への足掛かりを得た。社会主義諸国、中国、イタリアなどやアメリカ、イギリスの建築家会議の名誉会員にもなった。彼ほど国外から建築家としてだけでなく、都市設計家としても依頼を受けた日本人はいないと思う。何故か。そのキーは、彼の著作に見られる。

近代の建築批判から、西欧の主たる思想の批判があって、それにとどまらず、日本やインドの思想に西欧では主流にはならなかった思想を見出そうとした。秀吉が京都の街中で設えた「道」や「路」の話が面白い。江戸でも長屋として「道」は都市における「縁側」になる。内と外が格子窓などを介して通じ合う。

西欧では「壁」と「広場」があるが、日本の「道」はなく、外とは壁で区切られ、精々中庭によって隣人と出会うのである。日本の場合、「道」で通じ合う街区は他の街区と「路」によって繋がる。江戸になると、日がな一日家にいることはなく、仕事に出て、休む時は屋台もあり、遊び場もあって、家ではほとんど寝るだけであって、遊牧民のような生活形態だという。ノマド論を書き、これからの東京都民は流動的な生活を送れるような都市設計を望んでいた。

本文で述べた「縁側の思想」は内と外とを通じ合うものとして捉えた思想で、矛盾した相反する思想が「曖昧さ」を産む。そのような中間領域を重視するのが日本の発想であり、鈴木大拙の「即非の論理」（Aは非Aである、ゆえにそれはAと呼ばれる）もそうであり、唯識思想の阿頼耶識に至る。

建築の実際の場において、意味の生成を産むのは、この「中間領域」であって、時間で言えば、通時性によって、江戸の建築のさまざまな様式と近代建築のそれとは等距離になるので、現代の建築に江戸の様式を入れ込むことが出来るが、問題なのは様式に捉われるのではなく、その様式が醸し出す「雰囲気」であると言う。「気」とか「精神」とか言うが、様式から出るものである。

空間は共時性があり、空間の雰囲気は時を超えて伝わると言う。日本では伊勢神宮のように二十年に一度造り替えるが、建築の材料よりも「雰囲気」「精神」「霊気」が重要であり、それを伝えるために木材が材質なので遷宮が行われる。

日本の「中間領域」に通じるものを西欧の建築・美術に求めるなら、それはバロックであり、ベルニーニの『マリアテレサの法悦』に見られ、キリストに拒否された彼女は悲痛の極地に至って法悦の状態にあるというのである。ウィリアム・モリスの場合は、アーツ・アンド・クラフツ運動を始めたが、産業革命による大規模工業化する芸術に対する二項対立の反対運動であって、「中間領域」ではなく、西欧の二項対立の理性と感性の対立の構図から脱け出せていない、と黒川紀章は述べる。ところが、モリスの師匠であるジョン・ラスキンになると、ターナーの「曖昧模糊とした絵画」の評価から出発したラスキンは、やはり「中間領域」を重視していた。「ゴシック建築」の評価で有名だが、バロックに属するとも言えるのではないか。まず筆者はラスキンの訳書をいくつか出したが、彼のレトリックに着目していた。読者をペンデングされた心境にする。「中間領域」に読者を誘い込む。ヴェネツィアの大聖堂の天井に見られるモザイクは、オリーヴの実を金色に輝かせている。薄暗い天井なので、もし緑のオリーヴの実にしたら、見えないし、なんだか判別出来ない。だからモザイクの師匠は、記号化した。モザイク画全体の醸し出す雰囲気から意味が生成されるのである。こうなると、黒川紀章の建築装飾の意味生成理論になって来るのではないか。このモザイク画をめぐってプルーストと評価が分かれたと読んだことがある。

なお、黒川紀章氏が晩年に東京都知事選に出て莫大な遺産を残せずに、選挙事務長に言わせれば、「残っていない」という話であった。事務長は伏原靖二氏であった。

本書は、文芸社の今井周氏から話があり、勧められて、出版することにした。編集は松坂氏によって進められる。台湾の話は、改訂再版になる。

出版でお世話になった方々に感謝の意を表したい。

# 参考文献

黒川紀章著『建築論Ⅰ』（鹿島出版会、一九八二年）
同　『建築論Ⅱ』（同上、一九九〇年）
同　『共生の思想』（徳間書店、一九八七年）
同　『ノマドの時代―情報化社会のライフスタイル』（同上、一九八九年）

## 著者プロフィール

# 内藤 史朗（ないとう しろう）

昭和８年　台北市萬華区内江街に生まれる
昭和21年　台北市萬華区西門国民小学校卒
昭和22－28年　東海中学校・高校　在学・卒
昭和28年　京都大学文学部入学
昭和32年　京都大学英文学専攻卒
昭和32－39年　東海中学校・高校　教諭
昭和39年－平成11年　大谷大学文学部　専任講師、助教授、教授、名誉教授
平成11年－16年　京都造形芸術大学　教授、客員教授
現在は、京都市在住。日本イェイツ協会、日本ペンクラブ会員
著書『霧社の光と闇　台湾の十字架と隠れ念仏』（新人物往来社、1999年）
『東天紅の海　綿屋弥兵衛の御一新』（郁朋社、2002年）
訳書『風景の思想とモラル』（法藏館、2002年）
『ヴェネツィアの石』（法藏館、2006年）
『続ヴェネツィアの石』（法藏館、2017年）
その他、ラスキン著書多数訳。
イェイツ研究では、禅思想の影響の論文多数。

**台湾「霧社」の十字架像と隠れ念佛**
**愛宕山千日詣りの邂逅**

2024年12月15日　初版第１刷発行

著　者　内藤 史朗
発行者　瓜谷 綱延
発行所　株式会社文芸社
〒160-0022　東京都新宿区新宿１－10－１
電話　03-5369-3060（代表）
03-5369-2299（販売）

印刷所　株式会社暁印刷


ISBN978-4-286-25343-5